Le Baiser de l'ange

Clara Nahmias

# Le Baiser de l'ange

BUCHET/CHASTEL

7, rue des Canettes, 75006 Paris
ISBN : 978-2-283-02277-1

*À Alice,*
*À Juliette.*

*Tout ce que j'invente est vrai.*

Gustave Flaubert

*Toute histoire vraie,*
*une fois écrite, devient faute.*

Livia Jacob

# Sortie

« Tu es sortie !! Tu es sortie le jour de Rochachana !! » La première fois que j'ai revu Mickaelle après tous les événements, elle était entrée dans ma chambre avec les yeux brillants et avait crié ces mots plusieurs fois de suite, comme on lance en l'air des poignées de grains de riz ou de dragées. Elle avait pris une voix curieuse, un peu haut perchée, un demi-ton au-dessus, pour cacher sa gêne et me montrer sa joie. Ou alors c'est moi qui avais perdu l'habitude. « Tu es sortie !! Tu es sortie le jour de Rochachana !! » Je savais bien ce qu'était Roch Hashana, c'est le premier jour de l'An juif. Par contre, je n'arrivais pas à savoir de quoi j'étais sortie. Il me semblait au contraire que je n'étais pas sortie du tout puisque j'étais plantée là, dans cette chambre. Sortie. Elle avait l'air si heureuse que ça devait forcément être une bonne nouvelle. Alors brusquement, j'ai compris :

j'avais gagné la course, le tiercé dans l'ordre ! « Les chevaux sont au départ. » Mon enfance avec mes cousins et les courses de chevaux. « Alors, il est sorti ? » Yves Saint-Martin le jockey était l'idole, mon cousin Gilou à califourchon sur les fauteuils, les chaises, les canapés. Ambiance de foire au champ de courses. Pique-nique sur la pelouse de Longchamp les jours de beau temps. Sidney les mains chargées de cornets de glace et de Coca pour les enfants, Julien dont les yeux restaient vissés à ses jumelles au cas où. Puis j'ai pensé au mot « ftilé », les parties de rami chez Gilou qui ftilait les cartes pour appeler la chance. « Clara, tu joues ou quoi ? » et moi, en train de négocier mon jeu (suite ou tierce ?), de toute façon je ne gagnerais pas ils étaient trop rapides, trop doués, trop rieurs, je me demandais quelle carte jeter (suite ou tierce ?), de toute façon j'allais me planter, trop réservée, sérieuse, réfléchie. C'était toujours un autre qui sortait : ils étaient nés pour ça, c'étaient des Tunisiens. Mais ce jour-là j'étais sortie. Sortie ! Un événement miraculeux auquel je ne comprenais pas tout.

Ce qui ne m'a pas empêchée de demander à tous ceux qui entraient dans ma chambre : « Quel jour on est ? » vendredi 29 septembre. « Et quelle heure est-il ? » Et à la fin de cette journée interminable, quand ce fut au tour de ma sœur Valérie d'entrer dans ma chambre et de répondre aux deux questions sans cesse posées, je lui ai dit avoir l'impression que ça faisait une semaine qu'on était le vendredi 29 septembre. Et c'est là qu'elle m'a répondu, avec son humour, et cet accent inimitable, un peu railleur, qu'elle prend dans ces circonstances : « Ma chérie, ça fait quinze jours que tu étais dans le coma ! »

# C'était une époque très drôle

C'était une époque très drôle. Pleine de surprises et de petits miracles. Post-réa à l'hôpital Bichat. On venait d'échapper au pire, on ne savait pas encore ce qui nous attendait. Chacun essayait de deviner ce que je voulais exprimer, car parler je ne pouvais pas encore, avec ce truc qui me sortait de la gorge pour pouvoir respirer. Alors on m'avait filé des Post-it, puis on a pensé à un petit carnet – autour de moi la résistance s'organisait – pour que je puisse communiquer. Chacun essayait de comprendre. Le jour où je me suis plainte d'être entourée d'énormes animaux volants, c'est ma sœur Valérie qui a compris que je n'avais pas mes lunettes et que mon regard de myope ne discernait rien à deux mètres. J'essayais de toutes mes forces d'interpréter ce monde nouveau dans lequel j'étais tombée. En voyant les infirmiers passer et repasser de l'autre côté de la vitre de ma chambre, j'ai demandé par l'intermédiaire de mon Post-it : « Ils déménagent ?? »

C'était une des premières questions que je formulais et elle a suscité chez ma sœur une envie irrépressible de rire et de pleurer à la fois, car à ma sortie des limbes elle s'attendait à une révélation de la plus haute importance. Tout sauf cette interrogation absurde et incompréhensible. Pour moi, il était impératif que je sache, et il me semblait qu'une telle agitation ne pouvait avoir pour but qu'une action concertée, préméditée, urgente, comme peut l'être... mais qu'est-ce que ça pouvait être ? Un déménagement bien sûr. Je crois que j'avais aussi un petit peu peur qu'ils s'en aillent tous et me laissent plantée là.

Mais c'est moi qui ai changé de chambre. On pouvait m'asseoir, j'allais donc beaucoup mieux. Je progressais. Assise dans mon lit, adossée aux coussins, je me réjouissais d'arriver maintenant à atteindre mes genoux avec le bout de mes doigts. Un matin, quand j'ai dit à mon père et à ma sœur Eléna que j'avais passé une nuit exaltante à voler dans les airs, ils se sont inquiétés pour la négligence de cet hôpital, puis ont bien ri en apprenant que l'infirmier m'avait simplement soulevée dans ses bras pour changer les draps. Chacun en venant m'apportait son offrande. Je venais d'en finir avec la sonde gastrique, mais je ne pouvais pas manger n'importe quoi. Alors on m'apportait, qui une soupe, une bougie, une orange. Eléna me concoctait des infusions de sauge, de bruyère ou de je ne sais quelles plantes aux vertus extraordinaires, qu'elle transportait dans une Thermos comme un objet sacré. Et tout cela était déposé sur un autel improvisé devant mon lit. Autour de moi on discutait, plaisantait, me cajolait, s'extasiait sur mes progrès. On notait au jour le jour avec précision dans mon petit carnet tout ce que j'avais ingurgité. Moi, entre deux visites, je plongeais dans un sommeil béat, protégée par un ange qui dormait toutes les nuits auprès de moi – et en intraveineuse, une bonne dose d'euphorisants.

On m'a donné un miroir, et j'ai plongé mon regard dedans. Longuement, avec curiosité. J'étais soulagée et reconnaissante de retrouver le même visage que celui que j'avais laissé des années-lumière auparavant. J'étais juste étonnée que mes cheveux ne soient pas devenus tout blancs, depuis tout ce temps. Mon corps par contre c'était une autre affaire : je ne l'avais réintégré que partiellement. Mes jambes étonnamment ne me répondaient pas, j'avais dû les oublier en chemin. Je flottais entre les deux mondes, comme si j'hésitais encore. Mon esprit retrouvé voguait dans des contrées lointaines, mes jambes étrangères clouées inertes sur le matelas.

J'avais le sentiment d'avoir été sciée en deux pendant mes quinze jours d'inattention. Je passais avec incrédulité les mains sur mes jambes, mais ce n'était plus leur douceur veloutée qui me répondait. Mes cuisses s'étaient recouvertes d'une enveloppe épaisse que je n'avais jamais touchée, une couche inerte et dense, grise comme une peau d'éléphant. Je me suis alors souvenue de la femme-tronc, celle qui m'avait fait si peur à la Foire du Trône quand j'étais petite, le jour où je m'étais laissé bêtement entraîner dans cette attraction obscène. Enfermée avec les autres curiosités derrière les barreaux de sa roulotte, elle nous regardait d'un air placide et un peu méchant, posée droite sur sa taille, mais elle n'avait pas l'air si malheureuse de son sort finalement. Je me suis vaguement demandé si, à partir de maintenant, j'allais être obligée de partager la vie des femmes-troncs dans leur roulotte, ou si les choses allaient tourner autrement. Je me suis aussi inquiétée de savoir si les jambes déposées sous mon corps dans ce lit étaient bien les miennes, ou si par bonté d'âme ou par habitude quelqu'un avait reconstitué les morceaux, mais sans se rendre compte qu'ils appartenaient à deux êtres différents. J'ai bien sûr pensé à Kafka qui, lui aussi, s'était réveillé un beau matin allongé sur un lit, métamorphosé. Ne sachant pas dans quel genre de monde j'étais tombée, je ne savais pas si on allait prendre en compte la difficulté de ma situation, et si le cas échéant on essayerait de me sauver – ou de m'abattre. Je me disais que le mieux c'était de rester tranquille et de bien prendre les choses, l'erreur serait certainement réparée rapidement, quelqu'un allait forcément retrouver mes jambes et la vie reprendrait son cours comme avant.

Ce qui m'ennuyait le plus c'est que j'avais mal. On aurait dit que quelqu'un avait pris le lacet rouge en cuir de mes chaussures à talons pour le nouer serré autour de mon corps, l'incruster dans ma chair, sous mes seins. Une ligne de démarcation. Précise comme un fil rouge, un coup de rasoir. Sauf que dans ma géographie personnelle, la zone libre c'était au nord.

La traversée du blanc avait envahi ma mémoire. Je savais qui j'étais mais je ne me souvenais de rien. Natacha en entrant dans ma chambre s'était extasiée sur la hauteur de plafond et la vue splendide sur le mur d'en face, puis elle m'avait posé une énigme : « Alors ? *eille-ti-tou* ? » J'ai immédiatement reconnu que c'était de l'anglais, mais pourquoi ce nombre, 82 ? J'ai mis quelques instants à me souvenir dans un flash que AT2 était le nom du récepteur membranaire sur lequel Natacha avait passé sa thèse au labo sous ma direction.

Petit à petit je reconstruisais mon passé. Chacun venait me raconter un fragment d'existence, à base d'histoires, de photos, d'échanges de mails. J'ai appris des choses étonnantes sur moi-même. Et ce dont je ne me souvenais pas je l'imaginais, je l'inventais. De toute façon ça ne regardait personne, quoi de plus subjectif qu'un souvenir. « Tu te rappelles ? » L'autre sourit et hoche la tête vigoureusement, mais il ne s'agit jamais du même film puisque chacun met sa caméra à un endroit différent. Tout ça ne m'inquiétait donc pas trop, surtout que j'avais conservé intacte ma mémoire émotionnelle : il y avait des gens que j'adorais et d'autres qui m'agaçaient, sans que je sache du tout pourquoi.

Tout cela en somme aurait pu être plutôt amusant et enrichissant – une occasion unique de faire le ménage dans un disque dur trop rempli – si le corps médical n'avait vu les choses autrement. Retranchés derrière leur blouse blanche, c'était peut-être aussi pour eux une belle occasion d'explorer les méandres du cerveau humain. Stylo à la main, les blouses blanches se relayaient tous les jours à mon chevet pour me poser des questions. Ils travaillaient consciencieusement pour la postérité. Pour noircir les cases d'un dossier médical qu'on rangerait ensuite avec les autres pour les archives dans un placard. Par couleur ou par ordre alphabétique, un peu comme un jeu éducatif pour enfants.

Mais à force d'être répété, avec régularité et sans trace d'humour, ce manège me faisait l'effet d'un piège sournois. Je me sentais prise en faute. J'avais beau me concentrer, je donnais rarement la bonne réponse, et je voyais bien à leurs mines déçues qu'on n'arriverait pas à atteindre le score sur la feuille. Je crois qu'au début ils avaient mis de l'espoir en moi, un peu comme pour leur candidat favori d'un jeu télévisé. Enfin, c'est ce que j'imaginais, je ne me suis jamais beaucoup intéressée aux jeux télévisés.

« Combien avez-vous d'enfants ? » Quatre.

« Non, vous en avez deux » (mauvaise réponse). « Savez-vous où vous habitez ? » Je crois (je n'osais plus dire que je ne savais pas). « À quel étage est votre appartement ? Pouvez-vous me dire quel jour de la semaine nous sommes ? le mois et l'année ? » et ainsi de suite avec leurs questions assommantes auxquelles je n'avais pas de réponse. Alors que ce qui m'importait vraiment c'était de savoir ce que j'allais faire de cette nouvelle vie, et si j'étais toujours mariée ou pas. Dans cette marée d'incertitudes, la question qui me taraudait était de savoir si j'aurais éventuellement besoin de divorcer – mais pour ça je ne savais pas comment m'y prendre – avant de faire un autre enfant.

Un jour, Fanny et Leïla sont passées me voir. La blonde et la brune d'un coup, la danseuse et la gazelle. Mes copines de la sortie d'école avec qui on se retrouvait chaque matin après avoir déposé les petites à la maternelle, un café au comptoir vite fait pour rassembler les morceaux, partager un éclat de rire et bien commencer la journée avant d'aller bosser chacune de son côté. On m'avait de nouveau changé de chambre, je crois qu'à ce moment-là le trou de la trachéo était toujours ouvert, avec un tuyau comme une seconde bouche, ronde et silencieuse au milieu de la gorge, mais bien planquée sous un foulard. Je ne sais pas pourquoi ce tuyau me faisait un peu peur, il fallait faire gaffe quand je buvais pour ne pas m'étrangler, et ça me faisait honte de le montrer.

Fanny et Leïla sont restées un petit moment près de moi, avec notre amitié comme des volutes de douceur flottant entre nous, toutes les deux sur une chaise devant moi qui étais allongée dans ce lit depuis des milliards d'années, si heureuses de me revoir vivante, probablement un peu impressionnées, et à un moment Leïla m'a demandé d'un air de gamine fugueuse avec son extraordinaire spontanéité : « Tu veux pas qu'on aille en bas se fumer une clope ? » Comme une tentative de nier la réalité : tout ça c'est derrière nous on va retourner ensemble au café, on va se fumer des clopes et on va rigoler. Ou peut-être que pour elle en bas ce n'était pas très loin, juste quelques étages à descendre en ascenseur, ça me ferait prendre l'air. Tandis que pour moi ces quelques étages c'était aussi énorme que les kilomètres que l'air de la chambre devait parcourir pour atteindre mes poumons en traversant le tuyau.

J'ai failli m'énerver « Mais putain, Leïla, t'es complètement à l'ouest ou quoi ? T'as rien compris ou tu fais exprès ? » Mais elle était tellement incongrue sa question, tellement décalée, qu'elle en était devenue libératrice. La seule chose à faire c'était de rigoler. Alors je lui ai répondu avec une voix grave et ironique comme une réplique de cinéma américain : « Leïla, je suis *très, très* loin d'avoir envie d'une cigarette ! »

# Le déjeuner

On va déj'ner ? C'est souvent sur cette phrase que mon père me lançait ses invitations. On s'était donc retrouvés le 4 septembre à midi au Cassini, le café qui fait l'angle et qui était notre lieu de rendez-vous. Honnêtement, ce qu'on y mange n'est pas très bon, mais c'est le bistrot le plus proche du labo et on peut s'installer dehors pour profiter du soleil quand il y en a. On allait toujours au Cassini, car à cette époque il n'y avait pas encore la pizzeria « l'Italienne », avec Bev qui ressemble plus à Liza Minnelli qu'à Sophia Loren, et Nelson que pour une raison étrange on appelle Giacomo. Mais de toute façon l'Italienne, mon père m'a confié récemment qu'il n'aimait pas non plus tellement. Je ne me souviens pas de ce que j'ai mangé, de ce dont on a parlé, ni du temps qu'il faisait ce jour-là. Je ne me souviens pas que c'était la veille de la rentrée des classes et qu'Alexandre ne m'ayant pas répondu comme à son habitude, je ne savais donc pas qui accompagnerait les enfants à l'école le lendemain – c'était sa semaine, mais il me tenait à cœur de faire la rentrée cette année, la dernière que Juliette passerait à la maternelle et l'entrée d'Alice au collège. Je ne me souviens pas avoir travaillé ce jour-là sur un dossier de demande de fric à la Ligue contre le cancer, dont la date limite était le lendemain et que j'étais encore loin d'avoir terminé. Il paraît que j'étais rentrée quelques jours auparavant d'un congrès aux États-Unis, mais de ça non plus je ne me souviens pas. Ni d'avoir dit à mon père qu'ils étaient vraiment sympas dans ce café à New York, puisqu'ils parlaient français spécialement pour nous. Ni même que j'avais mal à la tête et aux jambes, que j'étais irritée, tendue, que j'avais du mal à marcher, à m'asseoir, et que je n'arrivais plus à pisser.

Aux urgences de Cochin, on nous a envoyés à Sainte-Anne prendre rendez-vous pour des examens. Le jour dit la chambre n'était pas encore prête, et en attendant nous sommes allés déjeuner chez un Thaïlandais du quartier. C'est le dernier trajet que nous ayons fait ensemble, mon père et moi, à pied. À notre retour, on m'a installée dans un lit, et c'est là que la danse des hôpitaux a commencé. Une danse comme un corps-à-corps, une traversée qui durera toute une année – comme pour l'année 69 dans la chanson de Gainsbourg et son Gainsborough, mais en beaucoup moins érotique, bien entendu.

Pendant toute cette période, mon père est resté très proche de moi. Prenant de mes nouvelles, venant me rendre visite quasiment tous les jours. Quand je me suis mise à flotter dans les airs, emportée dans le long baiser de l'ange, dans cette immensité blanche lumineuse et extatique, visite guidée du Paradis, c'est mon père qui informait tout le monde par mail de mon état de santé. Stationnaire, disaient les médecins. Des mails très émouvants de l'avis de tous, mais bien sûr je n'étais pas en état de les lire. Jour après jour, il prenait sur lui – mais personne sauf peut-être Sylvie n'a jamais su quelles angoisses le traversaient nuit après nuit. Il restait charmant, aimable avec tous, pendant que ma mère perdait la boule et se partageait entre la synagogue où elle se découvrait subitement capable de déchiffrer l'hébreu biblique dans le texte, et la porte de ma chambre où elle faisait le chien de garde pour que personne ne me voie à poil avec ces tuyaux comme de multiples antennes qui sortaient de mon corps.

Rationnel et lucide, détaché : tel se veut mon père. En réalité, passionné et absolu. Plutôt que de laisser échapper le mot « Je t'aime », il préfère jeter d'un air ironique *I love you* ou alors « Je trouve que nous avons une excellente qualité de relation ». Mais sous la pression, le vernis de ce cœur trop sensible s'était mis à craquer. Cet état stationnaire commençait à l'énerver sérieusement. Devant le pessimisme des neurologues, et la situation de sa fille chérie n'évoluant pas d'un iota (elle commence à m'énerver, celle-là !) il demanda un beau jour au médecin d'un ton tranquille, et en présence de mes deux sœurs paniquées, s'il ne convenait pas de me débrancher à présent. Je le comprends : dans ce genre de situation mieux vaut en finir, et vite. Je l'entends d'ici se dire « Soyons lucide : si elle sort du coma, ce qui est maintenant très improbable, elle ne pourra plus se servir de sa tête – un légume, comme on dit – et pour une fille comme elle, c'est pire que tout ».

Et en même temps je le vois fulminer contre le destin : « J'en ai pard'ssus la tête ! » C'est une phrase qu'il affectionne particulièrement. Son propre père à lui, sa phrase c'était « C'est pas ça du tout ce que je pensais de la vie ». Il faut dire que mon grand-père, arrivé en bas âge de Smyrne jusqu'à Tunis en bateau, petit dernier d'une famille juive de Salonique – sept enfants ne parlant que le ladino – avait mis beaucoup d'espoir en la vie. Mon père, à l'inverse, est né Behor, fils aîné des cinq, adulé de ses parents et de ses grands-parents maternels dont il était le premier petit-enfant. À moins d'un an, il avait déjà gagné le premier prix du concours du plus beau bébé de Tunis. J'ai d'ailleurs peut-être gardé quelque part cette photo où on le voit entièrement nu, à plat ventre sur une fourrure, affichant un joli sourire avec ses deux dents de lait, ses grands yeux bleus et sa petite houppette blonde.

Avec un si beau départ dans la vie, mon père ne pouvait que douter de tout, et surtout de sa chance dont il n'a pourtant jamais manqué. Et là, ses nerfs étaient mis à rude épreuve. Ses sombres pressentiments sur la monstruosité de l'existence s'avéraient donc bien fondés. Je venais en quinze jours de confirmer les soupçons de toute une vie.

Bref, je lui avais fait un sale coup.

# Mickael

J'ai rencontré Mickael un soir d'été, une nuit du mois de juillet. Je revenais d'une semaine de vacances passée dans le Sud avec les enfants et Fabienne. J'avais le cœur encore plein de mes filles, le cœur serré de les avoir laissées – elles allaient passer le reste des vacances en Corse avec leur père. Tous les souvenirs mêlés de ces vacances en Corse, l'arrivée à six heures du matin par le *Napoléon-Bonaparte* ou l'*Île de Beauté*, dans lequel nous venions de passer une nuit entière bercés par les vagues dans notre cabine-couchette, et la voiture garée serrée collée contre les autres dans la cale, il fallait zigzaguer au matin pour la retrouver. L'arrivée à Propriano à peine plus tard que le soleil, les cafés sur le port disposant tables et chaises pour touristes ensommeillés, nos yeux qui clignent sous la lumière déjà forte, café jus d'orange croissants, tétine doudou pour la petite. Les souvenirs mêlés de ces vacances passées avec Alexandre chaque année en Corse, de celles sans lui tout juste finies dans le Lubéron, de la souffrance de la séparation, de toutes les séparations de ma vie mêlées, la déception du coup de fil de Félix qui m'avait promis d'être à la gare à mon arrivée, mais avait subitement décidé de partir en week-end avec d'autres amis. Félix qui m'avait pourtant extorqué la promesse de l'épouser à soixante-dix ans si on ne s'était pas encore remariés chacun de son côté.

Je tirais ma valise rouge à roulettes, comme dans le film de Buñuel cet homme, ce Chien andalou harassé, tire derrière lui une charrette cahotante encombrée des vestiges de toute une vie, avec le poids de son âne mort, son piano et sa religieuse à cornette. Et en même temps la légèreté, la liberté que procure le fait de marcher seule dans la douceur de la nuit, rentrant chez moi de la gare à pied à minuit.

C'est ce soir-là que j'ai rencontré Mickael qui, à un feu rouge, m'a gentiment proposé de m'aider à porter ma valise – sans rien savoir des souvenirs dont elle était lestée – et moi qui refuse d'un geste du menton sans même le regarder.

Puis le regardant finalement, arrêtée de toute façon à ce feu rouge de la place de la Bastille, et découvrant le visage le plus souriant et le plus amical qu'on puisse imaginer. Cet homme ressemble à un dauphin s'amusant dans le bleu de la mer. Sous la forte pluie d'été qui venait subitement de tomber, nous nous sommes offert un cornet de glace, debout, abrités sous l'auvent du Café Français.

Puis le mois d'août comme un sursis, les balades en scooter dans le vent tiède serrés collés, les nuits blanches dans sa chambre au cinquième étage du boulevard Beaumarchais avec les voisins scandalisés qui ouvraient les fenêtres, allumaient une à une les lumières sur la cour pour faire taire nos effusions. La préparation du voyage aux États-Unis, lui en Floride moi à New York. Et au retour, quelques jours après, je disparais.

Pendant tout le temps de mon absence, alors qu'à mon insu jour après jour mes souvenirs s'estompaient, comme lissés dans le voyage intersidéral qui m'avait été offert, Mickael m'a pleurée, visitée sans relâche après sa journée de travail, se faisant passer pour mon mari et soudoyant l'infirmier pour pouvoir s'insinuer à mon chevet au milieu de la nuit. Malgré tous ses efforts, en revenant je l'avais oublié.

Avec inquiétude, avec douceur, avec désespoir et patience, Mickael s'est appliqué à me rappeler notre histoire brève, notre relation naissante. Il venait me rendre visite aux Invalides et m'apportait des films qu'il avait faits de son immeuble, la montée dans l'escalier, l'intérieur de son appartement, pour que je me rappelle. Pour me distraire il m'apportait son lecteur mp3, puis des CD avec des chansons d'amour qu'il avait passé la nuit à charger, les chansons d'amour les plus mièvres qu'on puisse imaginer. Il disait que j'allais m'en sortir, que très vite j'allais tout oublier et que tout reprendrait comme avant, et je crois qu'il était un peu choqué un peu blessé quand je répondais que je voulais surtout ne rien oublier de ce qui m'arrivait.

Cette présence, cette constance, cet amour qu'il m'offrait me semblaient complètement irréels, je me tourmentais de ne pouvoir les accepter ni les lui rendre, isolée comme je l'étais dans un monde de souffrance et de honte où mon corps qui ne me répondait plus était devenu propriété des infirmiers. Mais je faisais de mon mieux, je voulais croire à la chance. Le temps et l'immobilité font bouger les âmes, je suis tombée amoureuse de lui à force d'attendre et de rêver.

Pendant que je me livrais à mes lents mouvements intérieurs, Mickael lui se démenait, changeait de métier, ouvrait une boutique rue de Turenne sous les fenêtres de mon appartement, travaillait jour et nuit pour monter une nouvelle affaire. Forcément il s'était mis à manquer de temps, tandis que mon temps à moi s'était distendu. J'étais sous cloche, piscine dodo kiné dîner, je ne vivais plus au rythme du monde, je me reprochais de ne plus savoir comment on faisait quand on était libre. J'essayais pourtant d'imaginer. Mickael me faisait attendre des heures, des jours, mais je ne m'en faisais pas. C'était sûrement comme ça dehors, j'étais beaucoup trop impatiente à force d'avoir oublié ce que c'était de vivre. Alors je bouquinais. Quand enfin il arrivait, il avait cet air coupable et désolé et m'annonçait qu'il avait passé l'après-midi à faire des courses au Monoprix. Je n'y comprenais rien mais j'y croyais. Je lui disais en plaisantant qu'il m'avait caché sa famille nombreuse à nourrir, avec tous ces Monoprix.

Un soir, nous sommes allés au cinéma. C'était à La Pagode, à quelques rues de l'hôpital. Il n'y avait que quelques marches à monter pour accéder à la grande salle, et pour le fauteuil roulant les employés du cinéma aidaient volontiers. À La Pagode, on n'a pas beaucoup de choix, et puis l'autre salle est vraiment impraticable. Ce soir-là il jouait un film que j'avais justement envie de voir, *Selon Matthieu* avec Benoît Magimel et Nathalie Baye. Nous avions dix minutes avant le début de la séance, et nous sommes allés dans le petit jardin japonais. C'est là que j'ai demandé à Mickael, d'un ton hésitant, ce qui se passait réellement, avec tous ses Monoprix. Je voulais savoir, mais j'avais peur qu'il me dise. Après un court silence, et ma main toujours dans la sienne, il m'a répondu d'un air gêné qu'il n'avait pas voulu me dire avant parce que j'étais malade et pour ne pas me faire de peine, mais voilà il était tombé amoureux d'une femme. « Elle s'appelle Ève et je suis fou d'elle. » Mais que je me rassure, c'était un amour impossible vu qu'elle avait cinquante ans, qu'elle n'était pas amoureuse de lui, qu'elle était mariée et ne voulait pas quitter son mari à cause de sa fille malade. Je serais partie d'un grand fou rire si je n'avais pas été si mal. Une chape de plomb venait d'atterrir sur mon plexus. Ève. Comment rivaliser avec un prénom pareil ?… Doucement j'ai retiré ma main et je l'ai regardé d'un air absent en essayant de reconstituer l'histoire à l'envers à travers ce nouvel élément.

« Tu m'en veux pas, dis, Clara ? Si, je suis sûr que tu m'en veux un peu. Tiens regarde, la séance va commencer, allons-y. »

Nous nous sommes donc installés dans la salle obscure et je lui ai glissé quelques mots à l'oreille juste avant que le film commence. Quelques mots rapides pour tenter de recracher la colère et la tristesse qui venaient de s'agripper pour me mordre à l'intérieur. Quelques mots pour lui mentir que je m'en foutais. Puis assise dans l'allée en retrait sur mon siège à roulettes, paralysée du corps et de l'âme, j'ai assisté pendant une heure et demie aux baisers, aux désirs, aux étreintes de ce couple, un Benoît Mickael Magimel de trente-cinq ans si sexy, fou amoureux d'une Nathalie Ève Baye de cinquante ans si belle. Une rupture glauque, cinématographique.

# De Bichat aux Invalides

Pour aller de Bichat aux Invalides, il faut traverser tout Paris. Laisser le périph derrière soi, la porte de Saint-Ouen, les faubourgs populaires du XVIIIe arrondissement, pour descendre vers la place Clichy direction les quartiers chics. Le plus simple est de passer par La Madeleine, rue Royale jusqu'à la Concorde, puis de traverser la Seine par le pont de la Concorde qui ouvre directement sur le VIIe arrondissement. Personnellement je préfère le pont Alexandre-III, ce n'est pas seulement à cause de son nom, je trouve qu'il est très impressionnant avec son ruissellement de dorures, et puis on a une vue éblouissante sur le dôme des Invalides surmonté de son aiguille d'or, qui était justement l'étape ultime du voyage.

En général je n'aime pas trop les trajets directs, sauf bien sûr si on est pressé, ce qui était peut-être le cas des ambulanciers ce jour-là. En ce qui me concerne, j'aurais préféré profiter de ce moment si rare passé hors de l'hôpital pour faire un tour par le IIe arrondissement. Ça ne rallonge pas tellement finalement, et puis en octobre-novembre il peut faire encore doux, on aurait pu s'arrêter rue du Faubourg-Montmartre, manger une glace à La Boule de Neige, si ça existe encore. À La Boule de Neige on s'arrête toujours en double file, et tant pis si ça klaxonne, de toute façon on en a pour deux minutes à commander une glace que ma tante Paula ramènera en courant pour qu'on la mange dans la voiture. Deux boules pour moi, fraise-sabayon. Glace et sorbet ça ne va pas bien ensemble, mais je n'ai jamais su choisir entre la saveur onctueuse et sucrée de l'œuf battu à la fleur d'oranger, et celle acidulée de la fraise, sucrée aussi mais piquante, avec les petits grains rouges qui restent coincés entre les dents. Après on aurait eu un peu faim et on serait allés déjeuner ensemble à La Corniche chez Sylvain et Nicolette, couscous pkaila après la kémia. Mais manifestement les ambulanciers ce jour-là n'avaient pas le temps.

Pour preuve, la rapidité avec laquelle ils m'avaient emballée, saucissonnée sur le brancard à la sortie de l'hôpital Bichat, les sangles bien serrées pour ne pas que je m'enfuie. Le fait est que de la position allongée dans laquelle j'étais ficelée, je ne voyais que le plafond de la camionnette, tu parles d'une balade, alors pour manger une glace de toute manière y aurait pas eu moyen. En me tordant le cou, j'aurais pu apercevoir un peu du ciel bleu de Paris, mais pour des raisons de sécurité, et aussi pour l'anonymat bien sûr, les vitres des ambulances sont opaques, et puis on n'est pas là pour lambiner. De là où j'étais je ne pouvais même pas voir la poche en plastique qui sortait de mon corps et qui ballottait au rythme de la circulation parisienne, solidement accrochée au brancard. C'est bien dommage, car elle se remplissait peu à peu d'un liquide jaune clair, et ça m'aurait donné des points de repère pour calculer les kilomètres parcourus en fonction du volume de mon pipi. Ou bien j'aurais pu m'amuser à mesurer le débit de mes urines en fonction de la distance qui nous séparait de notre point d'arrivée. Non pas que je m'ennuyais, loin de là. J'avais bien trop peur pour ça.

« Ne vous inquiétez donc pas ! » ; « Mais vous êtes très anxieuse, ma petite dame ! » C'est ce que me disaient souvent les infirmiers, les aides-soignants, les brancardiers, tous ceux qui m'avaient laissée là au milieu du couloir en attendant l'heure de l'examen médical. Radio, écho, électro, IRM ou scanner. Et qui finalement étaient partis mais en me rassurant, la relève allait bientôt arriver. Tous ceux qui m'avaient portée, poussée, hissée, traînée, montée ou descendue par les ascenseurs réservés au personnel vers des couloirs mal éclairés, m'avaient déshabillée dans des salles d'attente pas chauffées, tous ceux qui m'avaient laissée les seins à l'air, les fesses à l'air pendant des heures sous une blouse jaunâtre mal boutonnée par souci d'efficacité, pour que je sois déjà prête quand le médecin arriverait. Ils se ressemblaient tous, la même blouse blanche ou bleue, les mêmes expressions du visage, l'air affairé ou désœuvré, les mêmes conversations sur la météo du week-end ou le menu de ce soir. Des travailleurs.

De même que moi je ressemblais à tous les corps souffrants transportés dans leurs draps jaunes à longueur de journée d'un service à l'autre, d'un couloir à l'autre, interminablement, avec les mêmes plaintes : « Est-ce que je pourrais avoir une couverture s'il vous plaît ? » Certains prenaient la peine de m'écouter, d'autres étaient vraiment trop occupés, et puis c'est vrai que ma voix était très faible, elle ne portait pas bien avec tous ces bruits autour. Le claquement de leurs pas dans les sabots blancs du travail, le cliquetis des chariots rouillés qu'on poussait avec moi dessus. La douleur qui irradie quand le brancard heurte un pavé ou une marche, mais j'aurais été bien ingrate de me plaindre, j'avais déjà de la veine qu'ils soient là pour s'occuper de moi. De ma position horizontale, je voyais défiler des murs jaunes, orange, roses, parfois repeints parfois crasseux, sans rien comprendre sans rien savoir de là où j'allais, et gentiment ils me répétaient qu'il ne fallait pas m'inquiéter.

J'avais peur d'aller aux Invalides. À Bichat on m'avait fait la leçon : « Vous savez, en rééducation, c'est pas pareil, fini le repos, vous allez travailler dur ! Et puis là-bas, vous ne pourrez pas choisir entre un homme ou une femme pour vous faire votre petite toilette. » Tout ce qu'ils avaient dit était vrai. Mais ce n'est pas ça qui me dérangeait. Bosser pour m'en sortir, ça m'allait. Montrer mes fesses c'était déjà fait. Non, ce qui me faisait peur c'était la traversée de Paris, de Bichat aux Invalides. Cette traversée sans fenêtre sur le monde – Paris du nord au sud comme une balafre – c'était, ainsi que je le redoutais, une transmutation.

J'étais sortie de l'hôpital Bichat comme une malade allongée dans un lit. En arrivant aux Invalides, j'étais devenue une handicapée qu'on mettrait dans un fauteuil roulant. De victime je m'étais transformée en coupable. Qu'on le veuille ou non, ça change tout.

Quinze jours de coma, c'est terriblement romantique. Il y a le suspense, l'angoisse, le respect pour celle qui est suspendue entre la vie et la mort. Mais où est-elle donc passée ? On ne peut rien y faire mais on est actif. On prie, on pleure, on prend des nouvelles, on s'inquiète, on se dit que cette femme trop jeune pour mourir ça aurait pu être nous. Plus question de romance quand La Belle au bois dormant se transforme en crapaud, clouée dans un fauteuil roulant. Le polar est fini, ça redevient la vie. Cette chienne de vie, c'est fou tout ce qui peut arriver, c'est dégueulasse, on n'est jamais à l'abri. Mais elle est vivante et c'est ça qui compte, avec ou sans ses jambes, surtout pour ses enfants. Ses filles encore si petites, quelle tragédie ! Une vraie leçon de vie cette femme, quel malheur quelle tristesse c'est terrible, ça nous apprend qu'il faut vivre intensément le moment présent. Vraiment, quoi.

Être paralysée, ça peut être romantique. Être handicapée ne l'est pas. Tout est question de point de vue. Avant de postuler aux Invalides, on avait essayé La Pitié-Salpêtrière. Ç'aurait pu être bien, c'est là que sont nées mes filles et puis c'est central et pas trop loin de la maison. À La Pitié-Salpêtrière ils voulaient me voir avant, pour décider si j'étais admissible ou pas. C'est là que j'ai appris que « paralysé » est un terme qu'on emploie seulement dans les romans. À l'hôpital on est sérieux, on fait des distinctions. Il y a les paraplégiques, les hémiplégiques et les tétraplégiques. Je suis tombée des nues, je n'avais jamais entendu parler de tout ça. J'ai donc été recalée parce qu'ils ne prenaient que les hémiplégiques et que moi, j'étais para. J'avoue avoir été un peu vexée : comment, moi qui avais obtenu mon bac à seize ans, qui avais été reçue première au DEA d'immunologie de l'Institut Pasteur et admise brillamment au concours du CNRS, j'étais recalée ici pour une minable erreur d'orientation ? Pas de bol, au lieu d'être hémi j'étais para.

Un jour, je me trouvais à l'hôpital Georges-Pompidou pour une injection d'immunoglobulines, et un kiné est entré dans ma chambre la blouse au vent. N'ayant pas eu le temps de parcourir mon dossier médical, il m'a lancé d'un ton désinvolte en arrivant : « Ça fait combien de temps que vous êtes para ? »

Que je suis para quoi ? aurais-je voulu répondre. Que savez-vous de moi pour me poser des questions. Qu'est-ce que ça peut vous foutre. Pourquoi ne me demandez-vous pas plutôt si je préfère le printemps à l'automne, depuis combien de temps je n'ai pas embrassé un homme ou si j'ai rêvé cette nuit de l'odeur du jasmin ?

Mais je n'ai rien pu répondre à cet homme, sa question m'avait subitement propulsée dans un autre temps. Celui où j'aurais pu être parachutiste. Je me suis vue sautant de l'avion avec la peur au ventre, le parachute qui s'ouvre et la longue descente dans les airs, suspendue. Planant entre le vertige et l'extase, la terre toute petite se rapprochant de plus en plus vite au-dessous de moi, et une grande voile blanche au-dessus déployée, comme la protection d'un tallith à la synagogue le jour de Kippour.

Oui, je crois que j'aurais bien aimé aussi cette vie-là.

# Une ravissante petite chambre

Aux Invalides, l'atmosphère est très conviviale. Tout le monde se dit bonjour dans les couloirs, tout sourire, on est comme en famille. Normal, on est là pour un moment. À l'arrivée on m'a tout de suite mise dans une chambre claire et spacieuse, mon lit était celui du fond près de la fenêtre, avec vue imprenable sur le dôme et son aiguille d'or. Je savais que j'avais tout pour être heureuse, mais pour une raison inexplicable les premiers mois je passais mon temps à pleurer. Dans le lit d'à côté il y avait une ronchon, Mme Pasquié, qu'avec Félix on appelait « madame Casse-pieds ». Au bout de neuf mois elle a été remplacée par Mme Leblanc au nom de Cluedo, qui affichait gaiement ses quatre-vingt-dix-neuf ans et trois mois, et avait de longues conversations avec sa jeune nièce de soixante-quinze ans pour savoir si c'était une bonne idée de faire un emprunt bancaire sur trente ans. Puis il y a eu Monique l'artiste plaintive, Nathalie une jeune femme sensible avec qui on se racontait avec pudeur notre vie en pointillé. Et ainsi de suite avec toutes ces femmes qui se succédaient, et à chacune d'elles il fallait s'adapter.

Ma place était très agréable, d'abord à cause de la vue, et aussi parce que étant reléguée au fond je pouvais demander un paravent pour m'isoler quand je le désirais. Ça me faisait une ravissante petite chambre composée d'un lit. Entre ce lit et le mur blanc il y avait une planche de bois étroite, sur laquelle se trouvait en vrac tout mon univers : bouquins, bouteilles, ordinateur, crèmes de beauté, papiers, chocolats, lunettes, discman avec des CD, et tout ce fatras rendait hystérique le médecin chef qui hurlait à mes oreilles qu'on n'était pas à l'hôtel ici et qu'il fallait que je lui vire tout ça vite fait. C'était un militaire, grand, mince, beau mec, noir et psychorigide. Avec sa prestance et son autorité, les infirmières étaient folles de lui.

Aux Invalides, on est aimable mais juste. Pas question d'aller faire un tour hors de l'enceinte de l'hôpital sans une permission dûment signée.

Pour ma part, je n'avais aucune envie de faire un tour ni même de quitter ma chambre, et dès qu'on me sortait de mon lit ça me faisait pleurer comme si on avait appuyé sur un bouton, donc au début tout au moins ça réglait tout. Dans le couloir un peu plus loin, il y avait M. Lharab, un Algérien d'une cinquantaine d'années que personne ne venait jamais visiter et qui avait les deux jambes coupées. En attendant mieux, on avait installé M. Lharab et ses deux moignons entourés de gaze blanche sur un énorme fauteuil roulant complètement rouillé, qu'il faisait rouler la nuit à toute berzingue dans le couloir à la force de ses bras, ça faisait un boucan épouvantable et les infirmières lui couraient après en criant de leur voix aiguë : « Retournez tout de suite dans votre chambre, monsieur Lharab ! » Mais lui s'en foutait, un faible sourire d'excuse sous sa moustache, il grommelait quelques mots incompréhensibles et continuait sa route : il voulait fumer.

Il y avait aussi Yoshi le Japonais, qui s'était cassé la colonne vertébrale – en allant un jour à l'aéroport chercher sa fille en provenance de Tokyo – parce que sur son chemin un chien avait sauté du septième étage d'un immeuble et lui était tombé pile sur le dos. J'aimais beaucoup Yoshi, il était d'une grande gentillesse et avait un sourire à la fois timide et éclatant, mais je ne lui ai jamais parlé, je pleurais encore trop pour ça. Yoshi avait une femme française, brune et jeune, d'une grande beauté, qui parlait couramment le japonais, qui venait le voir tous les jours, et j'étais toujours émerveillée de la tendresse et de l'amour avec lesquels ils s'embrassaient.

Aux Invalides, les journées sont bien réglées, on n'a pas le temps de s'ennuyer. Tous les matins à six heures, quelqu'un du premier service faisait claquer la porte de la chambre en trompetant d'un air joyeux : « Bonjour madame Nahmias, je viens vous mettre à la selle ! » avant de me tourner sur le côté avec dextérité et de me fourrer un suppositoire dans le trou du cul. Puis cette personne disparaissait pour continuer sa tournée. Moi qui déteste être réveillée tôt, tant de désinvolture me laissait muette de rage. Muette comme une carpe. Muette et farcie d'un suppositoire, comme la carpe du *Gefiltefish*. J'essayais péniblement de me rendormir, mais très rapidement venaient le thermomètre, les médicaments puis le petit déjeuner, après quoi inévitablement, le doigt faisait ce même trajet mais dans l'autre sens cette fois, pour en extraire la merde chaque jour accumulée dans mes intestins paresseux, avec des commentaires personnalisés sur son aspect ou sa quantité. Tous les matins, y compris le samedi et le dimanche, quelqu'un s'y collait et c'était une surprise toujours renouvelée. Parfois c'était une charmante jeune femme à la queue-de-cheval blonde, aux hanches pleines, et qui zozotait. Elle avait toujours un mot gentil et je l'aimais bien. D'autres fois c'était un homme taciturne et effacé qui devait bien bosser pour vivre, vous comprenez. Il y en avait une autre un peu plus âgée, assez masculine et bourrue, qui avait souvent les cheveux et les ongles sales, et malgré le gant en plastique ça me dégoûtait qu'elle enfonce son doigt dans mon cul, mais je lui pardonnais parce que après tout elle n'était pas méchante, et c'était ça son métier.

Mon idée fixe était de rentrer chez moi pour pouvoir faire la grasse matinée. Je fomentais le projet ambitieux d'installer une cafetière électrique près de mon lit pour ne pas avoir à me lever le matin. Le luxe absolu. Pour l'instant ça me suffisait, ce qui se passerait après j'étais bien incapable de l'imaginer. Rentrer chez moi. Ça me semblait un rêve impossible, avec tout ce que je ne savais plus faire. Préparer un repas, vider une poubelle, étendre une lessive, faire un lit, ranger le placard, passer le balai, prendre une douche, me lever, marcher, pisser ou chier étaient des activités que je ne pouvais plus assumer. De toute façon chez moi ça n'existait plus, chez moi ça avait été un premier étage sans ascenseur rue de Turenne avec en prime une mezzanine en guise de lit. Cet appartement, je l'avais pris après avoir quitté Alexandre, parce qu'il était situé juste en face de l'école des enfants – à cette époque, l'école et les enfants c'était ça mon idée fixe. Et puis j'aimais bien qu'il soit au premier étage sur la rue, malgré le bruit c'était idéal pour se pencher par la fenêtre quand des amis passaient par là et criaient mon prénom. Ça me rappelait ma grand-mère, celle dont je porte le prénom justement. Elle habitait un premier étage sur le boulevard des Filles-du-Calvaire, question boucan elle me surpassait, et elle nous faisait rire quand elle disait que la circulation sur le boulevard lui rappelait le bruit de la mer. Quand mes sœurs partaient pour l'école, elles faisaient toujours le détour sous ses fenêtres pour appeler mémé, et c'était pratique d'être sur la rue pour leur faire descendre avec une ficelle un petit panier rempli de friandises qu'elles partageraient avec leurs copines de classe à l'arrivée.

Aux Invalides le soir, « madame Casse-Pieds » faisait crier la télé, se gorgeant des histoires du commissaire Maigret ou Navarro je ne sais plus, pour oublier. Alors c'était le moment d'enfiler mon casque de walkman, d'allumer l'ordinateur que le labo m'avait passé, et de me connecter sur Internet par le câble du téléphone, comme Luis me l'avait montré. Je relisais les articles que j'avais écrits, et je trouvais que c'était drôlement intéressant, ce métier. Tous ces travaux que je redécouvrais m'emballaient, me passionnaient. Je m'étais pourtant préparée à l'idée de changer, c'était le moment ou jamais de reconsidérer les choses, et pourquoi pas prendre une nouvelle orientation. La seule idée qui me venait c'était de devenir chanteuse de blues, même si je n'étais pas très douée, mais cette idée finalement c'était peut-être juste une tentative pour déjouer la paralysie. De toute façon, chercheuse ou chanteuse ce n'est pas très différent, il n'y a que les quelques lettres du milieu qui changent. En attendant je suis bien contente de ne pas avoir changé. Le soir donc, sous mon casque de walkman je me mettais à bosser. Je notais fiévreusement tout ce que j'avais réussi à comprendre de mes travaux passés, je reconstituais l'histoire de mes recherches, je formulais des hypothèses, et je passais des heures à regarder la séquence polypeptidique de la protéine ATIP comme si elle contenait un code secret – j'avais même réussi à identifier un motif répété de lysines, distantes de sept acides aminés, qui me plaisait beaucoup mais dont je ne savais comment l'interpréter.

Une fois par mois environ, nous organisions des réunions de labo dans la petite cour intérieure des Invalides, celle qui donnait sur la cafétéria et où il faisait bon boire un Coca et prendre l'air en été. C'est dans cette cour qu'Eugène Battistini, quand il était en forme, nous régalait des chansons de Tino Rossi avec sa voix de baryton. Eugène était magnifique avec ses soixante-quinze ans, son grand sourire, son accent corse et ses abondants cheveux blancs. Il remportait toujours un énorme succès et même moi j'arrivais à sécher mes larmes pour lui sourire. Engagé dans l'armée à l'âge de dix-huit ans pendant la Seconde Guerre mondiale, Eugène s'était pris une balle dans la colonne vertébrale – je crois avoir compris que c'était le jour de la Libération – et s'était brusquement retrouvé pensionnaire des Invalides à temps plein.

Un jour Michel Galabru est arrivé aux Invalides pour une petite rééducation rapide de VIP. Alors que je prenais le soleil dans la cour intérieure, j'ai pu l'admirer faire le pitre pour une bande de jeunes comédiens venus lui rendre visite. Michel Galabru imitant Eugène Battistini, c'était poilant.

Le jour des réunions de labo donc, les membres de mon groupe – deux post-docs, Sandrine et Simon, et ma technicienne Maryline – se déplaçaient avec leurs cahiers de manips sous le bras jusque dans la petite cour ensoleillée remplie d'éclopés en tout genre, pour discuter des résultats de leurs expériences. Simon étant australien, nous faisions nos réunions en anglais, mais au début bien sûr je ne savais plus parler cette langue, même si je la comprenais un peu, j'avais du mal, je m'embrouillais. J'avais compris que si je voulais progresser, il ne fallait pas que je frime, je devais reprendre à la base, et je décidai de leur poser carrément toutes mes questions, même les plus simples. C'est ainsi que le rapport s'est inversé et que maintenant c'étaient eux qui m'enseignaient des bases fondamentales de la biologie jusqu'à l'historique de notre travail. Moi j'étais fière de pouvoir poser mes questions. Rien que d'avoir des questions à poser me semblait déjà un exploit. Comment on avait fait pour cloner ATIP ? Par quelle méthode ? À partir d'une banque d'ADN génomique ou de cDNA ? Ça marche comment une enzyme de restriction ? C'est quoi une kinase, un double hybride, un pull-down, un tag Myc ? Pourquoi on avait entrepris ce screening, déjà ? Quelle est la taille optimale d'un oligonucléotide pour une manip de RT-PCR ?

Heureusement je réapprenais assez vite, mais je crois que c'est de ce moment-là que j'ai commencé à les effrayer pour de bon, ils ne devaient pas se douter de l'étendue de mon amnésie. De chef de groupe j'étais devenue un poids inutile, ces réunions leur faisaient perdre leur temps. C'était peut-être même dangereux pour leur avenir. Comme si le chef de la mafia locale était subitement devenu gaga. Pas étonnant qu'à mon retour au labo un an après, ils se soient tous dispersés.

Le mercredi c'était le jour des enfants. Alice et Juliette faisaient le long trajet en métro pour me rendre visite l'après-midi avec leur grand-mère ou la baby-sitter. Passant d'un monde à l'autre, elles venaient voir maman. Très vite, tout semblait naturel. Le chemin pour arriver à la chambre, le bordel à côté de mon lit, la tête de la nouvelle voisine, les infirmières qui demandent de sortir pour les soins. « On fait un tour à la cafète ou on va se boire un chocolat à la rotonde ? » Juliette s'installait directement sur mes genoux, droite et fière comme une princesse, et Alice prenait sa place à l'arrière pour diriger le fauteuil roulant. On se baladait comme ça dans les couloirs en saluant tout le monde, et ça faisait comme un drôle d'animal à trois têtes, deux jambes et deux roues.

Ensuite il fallait qu'elles s'en aillent, c'était l'heure de ma séance de kiné. Ça arrivait toujours trop vite. Elles m'accompagnaient timidement jusqu'à la porte de la salle et jetaient des coups d'œil rapides pour voir ce qui se passait à l'intérieur. Il y avait un Africain très digne, avec son visage tout ridé de chef de village, qui apprenait à marcher sur les deux bâtons de bois sculpté qui lui servaient de jambes. Il s'entraînait dans le couloir, agrippé à ses béquilles, et nous faisait gentiment un signe de tête tout en gardant son air concentré. J'aurais voulu cacher cet homme, je n'aurais pas voulu que mes enfants le voient, j'avais peur qu'elles soient impressionnées, je voulais les protéger. Mais il n'y avait rien à faire, alors je répondais aux questions de Juliette sur un ton léger pour dédramatiser, comme si rien n'était grave, voilà les enfants, c'est ça la vie aussi. Dès qu'elles disparaissaient, mon courage et mon assurance s'évanouissaient, d'un coup. Je restais quelques minutes sur le seuil de la porte comme un sas, une salle d'attente, avec une boule dans le ventre et une autre dans la tête. Je n'ai jamais su ce dont mes filles parlaient sur le chemin du retour, ni ce qu'elles avaient conservé à l'esprit comme image de leur mercredi après-midi.

Le jour de l'anniversaire d'Alice, le jour de ses onze ans, on s'est tous retrouvés dans ma chambre. Il y avait même mon oncle Raphaël, El Tonetone, de passage à Paris en provenance du Lavandou. Quelqu'un était venu avec une bouteille de champagne et des gâteaux pour fêter ça autour de mon lit. Une infirmière est passée avec mon plateau-repas, une belle grande fille bien balancée, une blonde aux cheveux courts qui avait une grosse moto, et sur laquelle un jour Félix avait flashé. Tout heureux et excités, nous lui avons demandé si elle pouvait nous apporter quelques verres pour partager le champagne. Elle nous a répondu d'un ton sec qu'il n'y avait pas de verres ici, qu'elle ne pouvait vraiment pas nous aider. On n'a rien dit, on s'est regardés, on avait envie de pouffer de rire. Le champagne, on l'a tous bu dans le même verre, ce petit verre en Pyrex un peu opaque qui trônait sur le plateau-repas posé juste devant moi.

# La mauvaise éducation

L'Institut national des Invalides est un centre de rééducation, pas un centre de détention. Aux Invalides, le fait d'être enfermé n'est qu'une conséquence, ce n'est pas comme si on s'était rendu coupable de quelque chose ou quoi. Non, si on est enfermé là c'est seulement qu'on a besoin d'être rééduqué. Comme si ça ne suffisait pas d'avoir été éduqué une fois. Peut-être qu'on était là parce que au départ nos parents n'avaient pas bien fait leur boulot. La mauvaise éducation. Tout est à refaire, t'as pas compris alors on va t'apprendre, on est là pour ça. Ergothérapie, kinésithérapie, deux séances de chaque par jour, il fallait au moins ça.

En entrant pour la première fois dans la salle de kiné, j'ai été frappée par son aspect majestueux. Elle m'a paru très spacieuse, haute de plafond, avec ses boiseries, son parquet, et ses grandes portes-fenêtres donnant sur le petit jardin. Impressionnante d'histoire. On pouvait facilement imaginer Louis XIV ou Napoléon, ou je ne sais trop qui, tenir un conseil de guerre dans cette salle. On aurait aussi pu se croire dans une bibliothèque, mon endroit préféré, si n'étaient posés un peu partout par terre des tapis de gymnastique d'un bleu criard, avec dessus des gens exécutant des figures pas possibles dans leurs pantalons mous, avec des cannes, des tripodes, des fauteuils roulants en plein milieu abandonnés, et un certain nombre de blouses blanches qui, à haute voix, encourageaient : « Encore encore encore encore, c'est bien, repos ! » Il y avait aussi de nombreux instruments sophistiqués avec des barres, des pédales, des poulies, des haltères, et des trucs dont on ne pouvait pas immédiatement imaginer à quoi ça servait.

Passé le premier moment de timidité, j'ai eu la désagréable impression de me trouver dans une chambre de torture, mais c'est bien sûr parce que jamais auparavant je n'avais fréquenté de salle de sport. Autant j'avais été troublée par le lieu durant la première minute, autant l'instant d'après j'ai eu le cœur serré, et pendant toute l'année qui a suivi, ce sentiment ne m'a plus quittée.

On m'a remise entre les mains du chef kiné. C'était un homme tranquille, un peu tristounet, peut-être dépressif, qu'on appelait Ivan ou Igor ou un prénom approchant, je ne me souviens plus très bien, de toute façon lui et moi on n'a pas beaucoup discuté. J'étais très fière d'être rééduquée par le chef kiné, il me semblait que c'était un bon signe, puisqu'il était chef il était forcément plus expérimenté, c'était la preuve que j'avais de l'importance, un traitement de faveur, ils allaient bien s'occuper de moi ici. J'ai compris par la suite que c'était toujours comme ça avec les petits nouveaux, on les mettait entre les mains du chef en attendant de savoir comment on allait les dispatcher. Mais au début j'étais confiante. Ivan ou Igor me remuait doucement les jambes en regardant ailleurs avec son air absent et son mince sourire triste, et c'était sûrement parce qu'il se concentrait pour évaluer mon niveau afin de savoir comment procéder. Je ne sais pas d'où me vient cette manie de croire que les gens sont intelligents, généreux et passionnés.

Il me faisait aussi faire des exercices pour me muscler les bras et j'y allais de tout mon cœur pour progresser. Il me disait d'y aller mollo, qu'il ne fallait pas s'exciter, pour ne pas avoir de courbatures. Pas de doute, il s'y connaissait. Au bout d'un certain nombre de jours à répéter sans cesse les mêmes gestes, je me suis demandé quand on allait vraiment commencer le boulot. Depuis le temps, il devait bien l'avoir finie, son évaluation. J'avais hâte de commencer les exercices qui me feraient récupérer les muscles de mes jambes. Mais comme je suis très polie et que personne n'en parlait jamais, je prenais mon mal en patience pour lui laisser le temps de se retourner.

En ergo, c'était déjà plus amusant. Une grande salle fonctionnelle et colorée, avec des tas de posters rigolos sur les murs et plein de choses variées à faire, fléchettes, macramé, jeux de société. Dans un coin une cuisine amovible avec des gâteaux qui cuisent, préparés par ceux qui ne savent plus se servir de leurs mains, et une bonne odeur de café. Et d'autres blouses blanches mais plus jeunes, surtout des femmes, très souriantes, décontractées, et qui ont l'air de bien s'amuser. Bonjour madame Nahmias, comment ça va aujourd'hui ? Un peu à l'américaine, y a pas de problèmes y a que des solutions. L'ergothérapie c'est une jeune discipline enthousiaste. C'est fait pour montrer aux gens comment surmonter leurs soucis tout en prenant du bon temps. On peut dire souci ou désespoir, d'autres disent handicap, mais dans le langage médical on appelle ça la pathologie. C'est en ergo qu'on te choisit un fauteuil roulant adapté à ta pathologie, et qu'on t'installe dedans. Qu'on te montre comment t'en servir. Ce sont eux qui t'apprennent à te baisser sans te casser la gueule pour ramasser n'importe quoi, un stylo, un objet coloré ou une boîte d'allumettes qui vient juste de tomber. Ils ont plein d'astuces pratiques pour tous les problèmes de la vie quotidienne, des chaussures à scratch pour ne pas s'emmerder avec les lacets, des boutons-pression sur le côté du pantalon, un sac en bandoulière, une longue tige de métal, une pince, une planche de bois découpée sur mesure. À chaque pathologie sa spécificité, et sa solution.

Ce sont les ergothérapeutes qui te rééduquent, qui te montrent les nouveaux gestes que tu auras à effectuer et comment te comporter dorénavant, dans ta nouvelle vie. Ce sont eux aussi qui t'apprennent comment passer d'un siège à une chaise, d'une chaise à un lit, d'un lit à un fauteuil, d'un fauteuil à une voiture, d'une voiture au siège des chiottes, et ainsi de suite. On appelle ça « faire son transfert ». Mais pourquoi *mon* transfert ? En quoi est-ce que cette pratique m'appartient ? Excusez-moi mais je n'ai rien à voir avec tout ça. Je ne suis que de passage ici, c'est limite une erreur. Moi tout ce que je veux, c'est que vous m'aidiez à retrouver mes jambes pour me casser de cet hôpital à toute vitesse et rentrer chez moi, alors de quoi vous me parlez, là ?

J'avais une ergothérapeute formidable, Valérie. Une jeune femme charmante, compétente, sensible, pleine d'humanité et qui faisait attention à ne pas me brusquer ni me blesser. Un jour, je me préparais à faire un de mes trois cents milliards de transferts, quand mon regard a surpris mon image par inadvertance dans la glace. Je faisais généralement très attention à ne jamais croiser de miroir ou, si je n'avais pas le choix, à passer devant sans me regarder. Mais là, dans le feu de l'action et concentrée comme je l'étais, je n'avais pas détourné les yeux assez vite. J'ai vu devant moi une grosse dame avec un gros ventre et des gros seins, un peu voûtée et apeurée, une dame d'un certain âge qui se préparait à faire un acte de bravoure – son transfert – mais ce qui était drôle, c'est qu'elle portait mon visage. Et cette dame n'avait pas un aspect ordinaire, il y avait quelque chose qui clochait. Puis je me suis rendu compte que ça venait de ses jambes qui avaient pris un angle bizarre, impossible. Un truc que seuls les cadavres savent faire. Pendant la fraction de seconde d'inattention durant laquelle j'avais croisé cette image, l'idée m'a traversée que cette dame était probablement issue du mariage du crapaud et de la guenon, tant son corps était étrange.

Je me suis brusquement sentie profondément découragée. Une très très grosse envie de m'en aller, de laisser tomber ce transfert, ce corps, cette salle et cette vie. Au lieu de quoi je me suis forcée à bien regarder, et j'ai murmuré quelques mots à mon image pour lui dire de façon assez douce que je n'étais pas tout à fait sûre que ce soit vraiment moi ici en face d'elle.

Mon ergo Valérie a chopé toute cette scène avec intelligence et m'a lancé un regard d'une très grande gentillesse et empathie. Dans mon désespoir, j'y ai même vu de la tendresse. Et elle a constaté en secouant la tête : « C'est vrai que, quand on voit arriver ici quelqu'un dans votre état, on ne se rend pas compte qu'il n'a pas toujours été comme ça, et on n'arrive pas à s'imaginer la vie qu'il avait avant, ni ce qu'il a été. »

# Inaccessible

Parfois on essaie d'imaginer ce que peut être une vie coincée dans un fauteuil roulant, à quel point ça peut être compliqué. On pense alors bien sûr tout de suite au problème d'accessibilité, à toutes ces choses qu'on ne peut plus faire, ces endroits où on ne peut pas aller. Mais il y a aussi un drôle d'effet boomerang, c'est qu'en fauteuil roulant on devient soi-même inaccessible aux autres, sans faire exprès. Les gens se demandent comment approcher cette personne-là, on ne leur a jamais appris. Comment se comporter, comment savoir quand on doit aider ou pas, et à quel moment un excès d'attention se transforme en condescendance. Comment exprimer sa sympathie sans qu'elle se change en pitié. Et comment lui expliquer qu'on a mauvaise conscience de vouloir la faire quand même, cette fête au sixième étage sans ascenseur ? Bien sûr il y a tous ceux qui ont une tante ou une grand-mère en fauteuil, quand on est familier on peut aussi dire chariot ou charrette, et ceux-là prennent d'autorité les poignées du fauteuil pour le propulser énergiquement sans hésiter, parce qu'ils ont l'habitude.

Inaccessible, c'est en tout premier lieu inscrit dans son corps. Essayez de prendre une handicapée dans vos bras, de lui caresser le dos tendrement ou de lui mettre une main au cul.

La première à avoir énoncé de façon merveilleuse ce côté inaccessible, c'est Juliette lorsqu'elle m'a dit : « Maman, quand on te pousse dans ton fauteuil roulant on dirait que tu es une reine. »

Reine ou pas, je me retranchais dans ma tour d'ivoire. Difficile de communiquer. Je voulais être comprise, entièrement, intégralement, mais comment transmettre les nuances de couleurs d'un univers totalement étranger ? Les mots ne peuvent véhiculer qu'une expérience commune, et ceux sortant de ma bouche se trouvaient immédiatement transformés à travers l'oreille de l'autre. J'étais à fleur de peau. Le moindre signe d'incompréhension faisait surgir un gouffre entre eux et moi dans lequel je tombais. Une falaise à pic. Comment raconter le regard fugitif de l'infirmière qui m'avait retiré mon slip pour procéder à l'examen médical ? L'espace d'une seconde, sans même y penser, elle avait tenu ma culotte à bout de bras, l'évaluant comme dans le rayon lingerie des Galeries Lafayette. Comment expliquer que ce geste involontaire m'avait retiré ma culotte deux fois ? Et si je ne pouvais pas raconter ce geste, à quoi bon parler du reste ?

Alors du haut de mon donjon je faisais de la plomberie, je m'employais à vérifier les robinets. Je les maintenais serrés mais pas trop, ça bouillonnait à l'intérieur, ça m'aurait fait imploser. Par ailleurs la moindre fissure aurait ouvert les vannes, l'inondation, un torrent qui m'aurait emportée. Je devais être attentive, trouver le bon réglage. Je laissais échapper quelques larmes à partager avec les autres, un peu aussi pour les rassurer. Un jour j'ai envoyé un texto à Claire : « Je me sens comme une intellectuelle chinoise en pleine révolution culturelle. » C'était le maximum de ce que je pouvais exprimer.

Être inaccessible, c'est également ne pas être vue. Alice, malgré son jeune âge, l'a immédiatement compris. Un jour, peu de temps après avoir intégré mon nouvel appartement de la rue Elzévir, je m'apprêtais à faire un tour dans la rue avec les enfants et j'étais assez découragée de me voir complètement tordue sur ce fauteuil et si mal fagotée. Alors pour me réconforter, et aussi parce qu'elle était pressée de sortir, Alice m'a lancé : « Viens, maman, t'en fais pas, de toute façon personne ne te regarde ! »

Quand on est dans un fauteuil roulant, on appartient à la catégorie des handicapés, les traits du visage ou la corpulence importent peu. De même qu'un homme en costume-cravate est forcément un représentant de commerce ou un businessman, peu importe la tête qu'il a et les pensées qui le traversent. C'est l'allure générale qui compte, et une personne vissée sur roulettes a une allure générale qui se reconnaît de loin. Un soir, il n'y a pas si longtemps, je me trouvais devant l'entrée du labo, j'attendais la voiture qui allait me ramener chez moi du boulot. La nuit commençait à tomber, il faisait très froid et j'étais emmitouflée dans une grande écharpe. Un homme est arrivé qui voulait entrer dans l'Institut, un homme jeune, pressé, bien fringué, cheveux courts et petite barbe taillée, et en passant devant moi il a plongé la main dans sa poche tout en détournant la tête, pour me donner une pièce de un euro. Instinctivement j'ai refusé la pièce. Ensuite je me suis dit que tout compte fait, ç'aurait été plus amusant d'accepter.

Être poussée dans la rue sur un fauteuil roulant, ça rend invisible. On ne s'adresse jamais à toi, toujours à la personne derrière. Même si c'est toi qui parles, c'est à l'autre qu'on répond. Forcément, c'est lui l'adulte responsable, et puis ton regard n'est pas à la bonne hauteur. En plus comme ton corps est débile on se demande à part soi si ton esprit ne l'est pas un peu aussi. La première fois que quelqu'un m'a adressé la parole, c'était Luis qui me poussait, on était rue Elzévir, à l'angle de la rue Barbette. On allait faire un tour ensemble place des Vosges comme quand on avait seize ans. Un immense Africain tout mince, aux longues tresses et au jean usé, qui passait par là, m'a regardée dans les yeux en souriant et m'a dit bonjour. Pas à Luis, à moi. Je n'en revenais pas, j'ai failli pleurer. Quelqu'un m'avait vue. J'ai eu l'impression que c'était le premier jour de ma vie.

C'est à peu près à la même époque que je me suis retrouvée en tête à tête avec Oded le magnifique, pour déjeuner. Nous étions chez Camille, mon QG à l'angle de la rue Elzévir. Oded m'a regardée profondément, au fond des yeux, et m'a demandé : « Dis-moi Clara, on est copains toi et moi, alors vraiment, dis-moi, *bé emet*, comment tu vas ?

– Je ne sais pas, Oded, je ne sais pas quoi te dire, je me sens comme un samouraï. Une guerrière japonaise, avec son petit chignon. Concentrée, tournée uniquement vers mon but. Projetant ma lance sans état d'âme, ne regardant ni derrière ni devant. »

Dans samouraï, il y a amour. Et tout de suite après il y a « aïe aïe aïe ».

# Alice et Juliette

Qu'est-ce qu'il se passe dans la tête d'une enfant dont la mère disparaît subitement, sans donner signe de vie pendant plus de quinze jours ? Au début ça doit ressembler à de l'attente, où est passée maman, pourquoi elle n'appelle pas ? Puis l'inquiétude. Est-elle partie sans rien dire ? Elle nous a peut-être abandonnées finalement.

Juliette venait d'avoir cinq ans. Elle pouvait pleurer, sucer sa tétine, serrer bien fort son doudou et réclamer maman. Alice allait avoir onze ans, elle devait tenir son rôle de fille aînée. Elle venait d'entrer au collège, pas question de faire le bébé.

Alice avait déjà vécu l'incendie comme une grande. Ce jour-là elle rentrait à la maison avec son père, ils étaient allés faire des courses ensemble, un samedi après-midi. En arrivant devant l'immeuble, une voiture de pompiers. Des sirènes qui hurlent, du monde autour, elle lève la tête : une fumée noire sort en volutes des fenêtres d'un appartement. *Son* appartement. Juliette et maman là-haut, pas de nouvelles. Alice n'a rien dit. Elle n'a pas crié, pas pleuré. Elle a fait quelques pas, avant de se retourner pour vomir avec élégance sur le bord du trottoir.

Qu'est-ce qu'il faut dire à une enfant dont la mère a subitement disparu de la surface de la terre ? « Tu sais, ma chérie, ta maman n'est pas là parce qu'elle est à l'hôpital. » Est-ce que cette phrase est rassurante ? Tout va bien, on s'occupe d'elle. Ou flippante ? L'hôpital, mais alors qu'est-ce qu'elle a ? Et pourquoi ça l'empêcherait de nous téléphoner ?

Qu'est-ce qu'on doit dire pour protéger un enfant ? La vérité paraît-il, mais laquelle ? Parler soulève forcément des questions auxquelles on n'a pas de réponse. Une mère ni morte ni vivante, en stand-by. Est-ce qu'on doit dire que ce n'est pas grave, que c'est très grave, ou que c'est peut-être grave ?

Voir débarquer toute la famille de maman chez papa le jour de l'anniversaire de Juliette. Une profusion de cadeaux, le gâteau, les bougies, mais tout le monde tendu, comprimé. Une ambiance comme l'intérieur d'une bouteille de gaz. Il manque quelqu'un. Les sourires crispés pour cacher le désespoir, on rit un peu, on parle d'autre chose, et ces regards qui s'échappent. Des regards d'adultes surchargés d'amour et de compassion : « Mon Dieu, les pauvres petites, il faudra bien les entourer. » Des mots couverts, des sous-entendus, des nouvelles de maman qu'on essaie de capter dans les conversations.

La première fois qu'Alice et Juliette sont venues me voir à l'hôpital, c'était avec leur père et le mien. J'étais en post-réa. Ça faisait presque un mois qu'elles ne m'avaient pas vue. Est-ce qu'on s'était téléphoné depuis, je ne sais plus, je ne crois pas. J'avais mis du temps à me préparer ce jour-là pour cacher le trou de ma gorge, avec la boucle en fer pour le garder ouvert. L'infirmière m'avait conseillé de mettre un foulard, surtout ne pas impressionner les enfants. Je crevais de peur de les revoir enfin, et qu'elles ne me reconnaissent pas. J'étais inquiète aussi qu'elles me voient comme ça, une mère-objet. J'étais si loin, à me battre dans un autre monde. Je crevais de peur de leur faire peur. On a fait comme on pouvait, on a fait comme si ce n'était pas grave, et personne n'a pleuré. On s'est dit des choses sans importance, se voir enfin, c'était ça qui comptait. Des sourires, des baisers, en faisant bien attention. Et puis l'heure est venue, il faut laisser maman se reposer maintenant. Des enfants qui veillent à la santé de leur mère. Le monde à l'envers.

Un jour Alice est venue aux Invalides avec Judith et Jacqueline, et plein de cadeaux pour moi. Sur le chemin, Judith avait eu un peu peur, elle ne savait pas ce qu'elle allait voir. Est-ce qu'elle allait reconnaître Clara ? Alice était fière parce qu'elle savait déjà tout, c'est elle qui les a conduites à travers les couloirs vers la chambre, et elle était très contente de montrer à sa cousine que sa mère n'avait pas changé tant que ça, finalement.

# Des noires des blanches et des croches

Pour tenter de se faire une idée de ce qu'a pu être ma vie aux Invalides pendant une année, il faut se représenter les secondes, les minutes et les heures passées sur mon lit à regarder une aiguille d'or dressée vers le ciel. L'angle que faisait l'aile du bâtiment avec la partie principale du dôme. L'angle que faisait le mur de droite avec le plafond. L'ombre qui passait sur le mur de gauche puis sur celui du fond. La lumière qui change en fonction de l'heure. Les formes que prennent les nuages quand il y en a. L'inclinaison des gouttes de pluie sur la vitre. Les détails du papier peint blanc uni. Les heures passées à me demander si j'allais réussir à sortir seule du lit pour atteindre le placard situé à deux mètres, ce placard où j'avais planqué des rochers Suchard en chocolat pour me stimuler à sortir du lit justement. Pour me donner envie de quelque chose.

Une succession de secondes et d'heures comme des notes de musique, des noires des blanches et des croches, à attendre. Attendre que ça passe. Attendre que le cauchemar s'arrête. Attendre que ce soit l'heure de. Attendre que l'infirmière arrive. Attendre un signe du ciel ou une bonne idée. Attendre que mes neurones repoussent. Que mes jambes se mettent à bouger.

Parfois dans un sursaut d'optimisme je faisais des listes. À gauche ce qui ne va pas, à droite ce qui va bien. Je commençais toujours par remplir la gauche je pensais que ça ne finirait jamais ce côté gauche, mais finalement, à bout d'arguments, je finissais quand même par trouver des trucs à mettre à droite, et je m'y accrochais solidement comme on tient la corde pour l'escalade. Et au final, j'étais contente parce que j'arrivais plus ou moins à équilibrer les deux colonnes. Sans trop tricher.

Ou alors je faisais des listes pour noter les idées et les conseils que chacun me donnait pour m'en sortir. Puis je comptabilisais : des psychanalystes, des rabbins, un guérisseur philippin qui agissait à distance, un ostéo, un acuponcteur chinois, un as du shiatsu, la liste était longue et se rallongeait à chaque visite.

Un jour Véro est venue me rendre visite dans ma chambre. Toute à sa joie de me revoir et impatiente de m'embrasser, elle avait jeté en vrac son manteau et son grand sac sur le lit de ma voisine, si impeccablement tiré qu'on l'aurait cru inoccupé. Un infirmier est entré et s'est mis à engueuler Véro, elle n'avait pas à envahir l'espace, non mais où est-ce qu'elle se croyait ? Mme Nahmias se permettait déjà de prendre beaucoup trop de place ici ! Terriblement vexées toutes les deux, interrompues dans nos retrouvailles, nous avons décidé par mesure de rétorsion de quitter les lieux et d'aller nous changer les idées à la cafète. Le regard fixe au-dessus de mon verre de Coca-Cola, je repensais à toute cette place que je prenais, cette petite planche de bois calée entre mon lit et le mur, sur laquelle s'empilait l'intégralité de mon univers, et j'ai marmonné à Véro que ce n'était peut-être pas une bonne idée que je sois revenue sur terre, finalement. Était-ce à cause des paroles de l'infirmier ? Véro m'a répondu derrière ses grands yeux bleu clair que je déconnais complètement : j'avais ma place dans ce monde, et si je n'étais pas revenue il y aurait eu un vide, un trou dans l'espace impossible à combler. Parce que ce monde j'en faisais partie, on n'y pouvait rien, c'était comme ça.

C'est à peu près à cette même époque que Maxime a trouvé le courage de s'aventurer jusqu'à ma chambre. J'étais gentiment allongée dans mon lit et je lui ai dit en plaisantant qu'il en avait mis du temps. Il avait attendu que je sois dans les beaux quartiers ou quoi, pour se déplacer ? Ce jour-là, j'étais dans ma semaine œufs de Pâques. Mon père m'avait offert une boîte de délicieux chocolats d'un chocolatier de renom du VIIe arrondissement, et le paquet emballé était très chic, entouré de bolduc d'un joli bleu. Comme mes cheveux avaient poussé et que je n'arrivais plus à me coiffer, j'avais mis la ficelle bleue du paquet cadeau autour de ma tête en faisant un gros nœud au-dessus, ça me faisait une tête ronde comme un œuf de bolduc ou de bullpack, c'était idiot mais ça me faisait rire. Je crois que Maxime était aussi un peu venu pour voir où j'en étais. Comme personne ne savait exactement jusqu'où remontaient mes souvenirs, il voulait s'assurer que, pour moi également, c'était clair : nous n'étions plus ensemble, tout était fini entre nous avant que je tombe malade. Il avait peur que j'attende quelque chose de lui, que je sois encore amoureuse ou un problème comme ça, la tuile. Quelqu'un m'a expliqué par la suite qu'il était persuadé que j'étais morte d'amour pour lui. Je lui ai raconté en deux mots que je venais de me faire plaquer par Mickael, mon dernier amoureux en date. Pour me consoler, il m'a fait remarquer avec un petit sourire et beaucoup d'à-propos que de toute façon Mickael ne m'aurait pas servi à grand-chose, vu mon état et l'endroit où je me trouvais.

À cette époque, en plus de mon bolduc j'avais un très gros ventre. Maxime a posé le regard dessus, l'air interrogatif. Je n'ai pas pu résister au plaisir de le taquiner, alors j'ai pris un air contrit et entendu et je lui ai dit : « Eh oui, six mois ! » Son visage est subitement devenu tout blanc avec des plaques rouges, un phénomène très intéressant à observer. Mais malgré ma curiosité de scientifique je ne suis pas une mauvaise fille, et pour m'éviter le désagrément de le voir tourner de l'œil devant ses nouvelles responsabilités, je lui ai vite expliqué que ce gros ventre était une conséquence de la paralysie. Il est reparti soulagé et content, en paix avec sa conscience, et puis il avait appris quelque chose de nouveau ce jour-là.

Les visites, c'était bien. Au début on restait dans la chambre en rabattant le paravent, puis un jour j'ai eu le courage de m'aventurer dans le jardin de devant qui était très mignon, avec quelques bancs, des arbres bien entretenus et une fontaine où avec Juliette et Leslie la baby-sitter on regardait les poissons. De cet endroit, si on se tournait vers la gauche on pouvait voir la grille gardée par des gendarmes, qui s'ouvrait sur le boulevard des Invalides, et par où entraient et sortaient les gens. Toutes sortes de gens. Ceux qui faisaient un peu la gueule venaient à coup sûr pour prendre leur service. Les ambulanciers en blouse blanche, avec ou sans brancard, c'était pour une pause-cigarette. Ceux qui étaient timides ou préoccupés on savait qu'ils venaient rendre visite. Mais les gens que j'aimais je les voyais rarement entrer par là, je les voyais toujours sortir. Assise dans ce petit jardin je me dévissais le cou pour les regarder partir, avant de me retourner lentement, pesamment, pour attendre les blanches et les croches dans mon lit.

Quand on est paralysé c'est difficile de tourner la tête, alors se dévisser le cou laisse tomber, il vaut mieux faire un quart de tour avec le fauteuil. Je crois bien qu'il n'y avait qu'une dizaine de mètres à parcourir pour traverser cette grille et passer du dedans au dehors, mais c'était comme dans un rêve, celui où on a beau avancer on n'arrive jamais au bout du couloir. Ces quelques mètres, c'est comme s'ils s'allongeaient au fur et à mesure, je n'ai jamais pu les faire, j'avais trop mal aux tripes. Et puis pour moi qui étais assignée au dedans, même si j'arrivais à bout de bras au fond de l'allée jusqu'au trottoir sur le boulevard, la grille – ma grille à moi – était toujours trop loin.

Mais un jour j'ai eu envie de la passer, cette grille. C'était pour le spectacle de danse de Juliette, elle allait se produire sur scène avec ses copines, déguisée en fleur. C'était très important pour moi, ce spectacle, Juliette me l'avait expressément demandé et je voulais être présente dans la salle, coûte que coûte. J'avais l'impression d'avoir été mise au rancart pendant ces longs mois, j'avais été privée, je n'avais pas pu aller chercher Juliette à l'école, écouter Alice me raconter le collège, suivre les devoirs, rencontrer la maîtresse ou les profs, signer les mots d'absence, embrasser les enfants avant de dormir, leur acheter des fringues, préparer un goûter. Ce spectacle, c'était un soir de semaine, il fallait que j'y aille quelles que soient les difficultés. Je n'avais pas le droit bien sûr de prendre une ambulance pour me rendre à un spectacle de danse, et à cette époque-là, la PAM n'existait pas encore. Alors j'ai demandé à l'accueil comment faisaient les gens qui voulaient sortir d'ici, s'il existait des transports spécialisés, comment je pourrais faire pour réserver un taxi. La réceptionniste, très occupée à réceptionner, m'a répondu qu'elle n'était pas au courant. Aucun moyen de réserver un taxi à l'avance, je n'avais qu'à venir une demi-heure avant, elle voudrait bien composer quelques numéros pour moi.

Quand tu as besoin des autres, le mot que tu prononces le plus souvent c'est Merci. Une fois j'ai dit à Mireille qu'à toutes les personnes très gentilles j'avais terriblement envie de répondre Merde.

J'avais demandé à Carla, toujours si proche et attentionnée, de venir me chercher pour m'aider avec la grille, le taxi, les marches, le regard des gens dehors. J'étais anxieuse, mais décidée. Seulement ce jour-là vers dix-huit heures, il s'était mis à pleuvoir. Une pluie fine, têtue, parisienne. Une pluie qui s'était mis dans la tête de créer des embouteillages, en plus c'était l'heure de pointe, le merdier. Je ne voulais pas partir trop tôt pour éviter de rester des heures sous la pluie devant le gymnase. J'avais peur de partir trop tard et de rater le début du spectacle, de me faire remarquer. Quand je suis arrivée à la réception avec, coincée entre genoux et menton, la planche de bois qui m'aiderait à monter dans une voiture, la jeune femme à l'accueil a gentiment passé quelques coups de fil, mais « Désolée c'est pas possible, pas un seul taxi de libre dans tout Paris. Repassez dans un quart d'heure ». De quart d'heure en quart d'heure la situation empirait, le nœud dans mon ventre grossissait. Et Carla qui m'appelle, embêtée parce qu'elle n'aurait pas le temps de faire le détour par les Invalides, mais elle pouvait m'attendre devant le gymnase si je voulais. J'ai refoulé une furieuse envie de réintégrer ma chambre, et j'ai péniblement manœuvré dans l'allée, silhouette tassée et bossue avec ma planche collée au menton, pour rejoindre sous la pluie la grille et son gendarme. Des fois qu'il y aurait quand même un taxi qui passerait, de l'autre côté de mes larmes. Et au moment où tout était foutu – je m'en foutais je passerais la nuit sur ce trottoir à attendre s'il le fallait – je l'ai vue arriver. Une Renault Espace gris métallisé. Avec les gouttes de pluie dessus, elle scintillait comme une étoile et s'est arrêtée au feu rouge juste devant moi. Signe que le taxi était libre, l'enseigne au-dessus du toit était allumée, un halo blanc de lumière qui brillait sous les gouttes de pluie et tranchait sur le gris du ciel. J'y ai vu l'auréole d'un ange. Le chauffeur m'a prise dans ses bras pour me poser comme une fleur dans la voiture. Je l'ai forcé à accepter un pourboire plus élevé que le prix de la course. Il n'avait pas le choix.

Souvent, c'était plus facile, on prévoyait simplement de faire un tour dans le quartier. Il fallait juste faire signer un petit papier par le médecin et pour quelques heures c'est moi qui étais en visite. En visite dehors. J'aimais bien, il suffisait de traverser la rue et l'air était plus vif, les hommes plus rapides, les filles plus légères, mais je m'ennuyais aussi un peu. Qu'est-ce qu'ils voulaient me montrer avec leur liberté ? C'est comme quand tu rends visite à quelqu'un dans un pays étranger, c'est vrai que c'est très beau très exotique, mais il faut rester au moins quelques jours pour apprécier. Si tu es en escale pour quelques heures dans une ville où ton ami qui y habite veut tout te montrer, tu passes en taxi, mais tu ne captes rien, ou alors cette impression que tu n'as rien à faire ici. Comme une lassitude. Dans ta tête t'es déjà ailleurs, t'as envie de rentrer.

Quand on sortait, c'était quelquefois pour un cinoche mais le plus souvent pour aller déjeuner. Il y avait une brasserie, celle où Natacha m'avait annoncé qu'elle était amoureuse de Félix, tant mieux ils étaient faits pour s'entendre et ça me libérait de ma promesse de l'épouser à soixante-dix ans. Il y avait aussi un restaurant chinois. Les Délices de Szechuen, que Matthieu m'avait indiqué, pas trop loin et vraiment très bon, on y croisait des personnalités. C'était plutôt là qu'on allait. J'étais contente mais il fallait que je me motive, je m'accrochais à l'idée du plat que j'allais commander ou du moment de plaisir que j'allais partager avec ma famille ou mes amis. Je devais me motiver, parce que j'avais la trouille. Tous ces trottoirs qu'on prenait en marche arrière parce qu'en avant j'avais peur, je me sentais basculer la tête sur les genoux à cause des abdos qui me manquaient. La moindre dénivellation me sautait aux yeux comme un chien prêt à me mordre. Tous les pavés, les anfractuosités du trottoir qui me labouraient le dos. Et ce fauteuil que les ergos des Invalides m'avaient prêté et qui était trop grand pour moi, trop lourd à manœuvrer.

Il fallait qu'on me pousse, mais j'ai mon orgueil, je déteste être poussée. Les marches trop hautes, les gens inexpérimentés « Oups, désolé ! ». Mais on finissait par y arriver, mes amis mes sœurs mes parents aussi soulagés que moi d'être arrivés, et ils étaient tous adorables, ils avaient tellement envie de me montrer leur pays exotique qu'ils s'abstenaient de toute remarque et retenaient leur irritation devant les cris aigus que je poussais, dictés par la peur que j'avais de tomber.

Engoncée dans mon fauteuil roulant, hissée par deux personnes pour entrer en marche arrière dans le restaurant, j'avais l'impression de faire tache au milieu de cette assemblée de gens élégants, libres et bien coiffés. J'avais l'impression d'être une tache, pire qu'une djellaba babouche égarée dans le VIIe arrondissement. Je me prenais de plein fouet mon statut d'immigrée. Première chose, comment je devais m'habiller ? S'il faisait chaud ça m'emmerdait, parce qu'il fallait que je porte en permanence une ceinture abdominale et ça me faisait comme une carapace de tortue sur le ventre, pour l'esthétique je pouvais aller me rhabiller justement. En hiver c'était mieux, je pouvais planquer ma tortue sous un pull, mais que faire s'il faisait vraiment froid ou s'il pleuvait ?

Une veste je ne pouvais pas, parce que les pans se prennent dans les roues du fauteuil, c'est tout de suite dégueulasse, et les épaules qui te remontent jusqu'au cou. Un manteau c'est pire, ça traîne par terre, il faut tout de suite oublier. Ma mère m'avait offert une magnifique et immense cape rouge en laine, plutôt crever. J'étais bien loin de ma petite robe noire moulante et décolletée que je portais avec ou sans collant et pull, hiver comme été, avec mes chaussures à talons compensés. Quant à la pluie froide qui s'insinue partout et fait déraper les roues, j'avais bien essayé plusieurs fois de tenir un parapluie tout en m'accrochant bien fort aux accoudoirs du fauteuil, en évitant d'éborgner celui ou celle qui me poussait, et en retenant mon cri de bête traquée – mais j'avais vite abandonné.

Une fois le repas commandé et le moment de plaisir consommé, l'angoisse revenait. Ce n'était pas tant la perspective du chemin du retour que le fait que je n'avais qu'une autonomie de quatre heures. Il fallait qu'en quatre heures maximum tout soit bouclé. Parce que j'avais un impératif, il fallait que j'aille pisser. Pour pisser, à cette époque-là, il me fallait trois personnes, dont une assez expérimentée. Je devais m'allonger sur mon lit, mais pour ça deux personnes suffisaient, une sous les aisselles une sous les genoux pour me monter sur le lit, et hop, le tour était joué. Ensuite il fallait attendre qu'un infirmier ou une infirmière se libère. Ça pouvait prendre un peu de temps, mais si j'étais en retard sur mon horaire des quatre heures, je me faisais inévitablement engueuler, parce que j'allais abîmer ma vessie. C'est comme ça que j'ai appris qu'il y a encore peu de temps c'était de ça que mouraient ceux qui avaient ma pathologie. Quelqu'un m'a dit que c'était comme ça qu'était mort Christopher Reeves, le premier Superman du cinéma américain. Une chute de cheval, la colonne vertébrale brisée, puis la galère malgré sa fortune et sa célébrité, bras et jambes paralysés, la vessie abîmée – il avait peut-être du retard sur ses quatre heures –, les reins flingués, la dialyse à l'hôpital plusieurs fois par jour ou par semaine, je ne sais pas, l'infection, la septicémie, *The End*.

En fait ce n'est pas tout à fait vrai, j'ai vérifié. C'est pire. Christopher Reeves est effectivement mort d'une septicémie, mais à cause de simples escarres mal soignées. Ces plaies, cette nécrose de la peau qui se forme aux points de contact du corps avec le lit ou le fauteuil quand les muscles ne peuvent pas bouger. On a beaucoup d'occasions de mourir quand on est paralysé.

En attendant, pour pas que je meure, l'infirmier me mettait rapidement les fesses à l'air, m'écartait les jambes et installait un champ stérile. Il ou elle revenait avec les gants en latex, la blouse, le masque – peut-être aussi un petit bonnet appelé charlotte, mais il est possible que je confonde – et la longue canule stérile qu'on appelait la sonde. Enfin, pour moi la canule était moins longue que pour un mec, parce qu'il y a moins à traverser pour atteindre la vessie. Et là, il s'agissait de ne pas se planter de trou. Entre le vagin et le méat urinaire qui conduit direct à la vessie, comme me l'a expliqué une infirmière dans un cours improvisé d'anatomie, faut pas se tromper. De toute façon ça se voit tout de suite, si ça fait du bruit et que le pipi coule dans la bassine, c'est bon. Sinon, c'est pas stérile c'est galère, il faut tout recommencer, parce qu'on ne veut pas provoquer d'infection, ça pourrait nous causer des ennuis.

C'était le pire moment de la journée et il revenait régulièrement, toutes les quatre heures de nuit comme de jour, mais la nuit – ou plutôt à deux heures du matin – j'avais le droit de dormir pendant que quelqu'un s'enfonçait par mon méat urinaire pour ne pas que je meure bêtement de ne pas avoir su faire pipi toute seule.

C'est dans ces moments-là que les blanches les noires et les croches étaient le plus utiles. Ça permettait de penser à autre chose, avec un peu de pratique on pouvait même s'en servir pour composer un morceau de musique, en attendant le moment où on aurait de nouveau le temps d'attendre que le temps passe.

# Une patiente exécrable

J'étais une patiente exécrable, je voulais tout comprendre. Mounira et Dominique m'ont récemment expliqué que pour un médecin, il n'y a pas pire cauchemar qu'un patient chercheur. Il ne sait rien mais se mêle de tout, il pose les questions les plus insignifiantes d'un ton incisif comme s'il était au labo, il cherche la petite bête, il remet en cause le diagnostic et le traitement comme si c'était le résultat d'une manip. Il anticipe déjà l'artefact, l'erreur de protocole, la manip-pour-voir, le coup de sonde, la fausse piste, mais cette fois il s'agit de son propre corps ou de celui d'un proche, et ça le fait flipper. Rien de pire qu'un chercheur qui veut comprendre ce qui lui est arrivé.

Je posais un sacré problème au corps médical : personne ne savait ce qui m'était arrivé. Pourquoi j'étais tombée dans le coma sans crier gare, et si j'allais récupérer un jour l'usage de mes jambes. Ce qui m'était arrivé, c'était un mystère. Ce n'était pas une maladie bien répertoriée, ce n'était pas un accident, alors on a dit que c'était un virus sauf qu'on ne l'a jamais retrouvé et ce n'est pas faute d'avoir cherché. Il fallait impérativement donner un nom à ce dossier, alors on a dit : paraplégie post-infectieuse, ce qui bien entendu ne veut rien dire. Paraplégie ça veut juste dire « paralysie de la partie inférieure du corps » et post-infectieuse ça sonne bien, ça fait médical et c'est une case dans laquelle on peut tout faire entrer.

En sortant des Invalides, j'étais allée voir à l'hôpital un neurologue dont Matthieu m'avait donné les coordonnées. Un médecin au physique de jeune premier avec sa mèche et son sourire étincelant, spécialisé dans la sclérose en plaques, qui se faisait brancher dans le couloir par de belles doctoresses blondes avec hauts talons claquant et brushing de qualité. Je lui ai demandé de me montrer les clichés de mes IRM, ces images instantanées du coma comme des polaroïds en noir et blanc, et de me les expliquer. Il m'a montré l'inflammation de la moelle épinière, qui envahissait tout le système nerveux jusqu'au cerveau. Il est resté assez impressionné, une inflammation pareille, je n'aurais pas dû m'en sortir vivante, même dans les bouquins on n'en voyait pas des clichés comme ça. L'inflammation vue en IRM, ça sort en blanc sur le cliché. Moi aussi j'étais impressionnée : ça me rappelait ce que j'avais vécu pendant mes quinze jours de coma, cet incomparable baiser de l'ange, cette lumière dans laquelle on se baigne, ce blanc paradisiaque qui envahit tout jusqu'à la mémoire, jusqu'au cerveau.

Comme je suis chercheuse, j'ai posé des questions : pourquoi je ne marchais toujours pas, est-ce qu'il y avait un traitement pour réparer les dégâts, on en était où avec les greffes de cellules souches, quel était exactement le problème avec mes neurones maintenant que cette inflammation était passée ? J'ai donc appris que mes neurones étaient flingués. Qu'on ne savait pas s'ils étaient sectionnés ou démyélinisés ou quoi, mais que de toute manière dans l'immédiat pour moi, ça ne faisait pas grande différence. Que la médecine ne pouvait rien y faire mais qu'elle y travaillait.

Comme je suis têtue et optimiste, j'ai posé des questions idiotes : est-ce qu'on pouvait faire repousser ses neurones ou les faire migrer par la force de sa pensée ? J'ai senti alors que je commençais sérieusement à l'énerver. Je lui faisais perdre son temps avec mes idioties, il avait derrière la porte une file d'autres patients plus faciles qui attendaient. Il m'a répondu patiemment mais avec une pointe d'agacement, comme le médecin intelligent qu'il était, que j'avais déjà de la chance d'être là devant lui, que la probabilité était faible que je puisse de nouveau marcher, et qu'il y avait un monde entre ce fauteuil roulant dans lequel je me déplaçais et la vie normale dont je rêvais.

J'étais allée trop loin, je m'en rendais bien compte. Je m'étais enfoncée, je l'avais bien cherché. Mais dans ma douleur, mortifiée d'avoir été de nouveau reléguée de l'autre côté de la liberté, je poussai l'idiotie encore plus loin, et avant de m'en aller je lui annonçai avec panache, mais en tremblant de tout mon être, que des mondes j'en avais déjà traversé en sortant du coma, des mondes à traverser ce n'était pas le premier, et celui-là aussi je le traverserai.

# Les consignes

Ce qui est ennuyeux quand on ne comprend pas ce qu'il nous est arrivé, c'est qu'on ne sait pas quoi faire. Aux Invalides, tout ce qu'on pouvait me dire c'est qu'il fallait attendre que la nature fasse son boulot. En attendant, on pouvait entretenir ses articulations et accepter son sort. Faire un travail de deuil, selon l'expression à la mode. Pour moi, penser comme ça, c'était comme de bouffer à chaque repas de la bouillie de purée de patates au pâté. C'est d'ailleurs ce que je faisais jour après jour, je n'avais pas le choix, c'étaient eux qui savaient. Mais parfois mon âme se révulsait, s'angoissait. Et si j'étais tombée en enfer ? Un enfer bien verrouillé dans lequel personne jamais ne remettait rien en question ?

Au début du XXe siècle, un grand professeur de médecine avait décrété qu'une fois atteint l'âge adulte les neurones ne repoussaient plus, qu'ils ne pouvaient que dégénérer. Pourquoi il avait sorti cette ineptie, peut-être qu'à l'époque les techniques n'étaient pas assez sensibles, ou qu'il avait foiré ses manips, ou qu'il avait envie de publier plus vite que son voisin de palier pour accéder à un poste plus important. Toujours est-il qu'il a fallu presque un siècle pour que le dogme tombe. Un siècle pendant lequel on répétait dans les bouquins, dans les universités : « Le cerveau est le seul organe incapable de se régénérer. » Personne n'avait osé remettre en question la sacro-sainte vérité. Il a fallu que de petits jeunes biologistes moléculaires osent entreprendre de nouvelles recherches et rament dur pour faire accepter l'idée. Au début on leur a ri au nez. On sait aujourd'hui que les neurones repoussent, même chez l'adulte. On sait qu'il existe des cellules souches neuronales, des précurseurs neuraux, et que certaines régions du cerveau passent leur temps à se renouveler.

J'étais donc tombée en enfer. Un endroit chaleureux et accueillant où on ne remet rien en question, où chacun fait son boulot et exécute sa tâche sans rechigner. Un endroit où tout est bien tenu et bien organisé. Femmes de ménage, aides-soignants, infirmiers, ergos, kinés, médecins, chef de service, directeur des hôpitaux, ministre de la Santé. En arrivant le matin, chacun sait ce qu'il a à faire, il y a les réunions, les plannings, un suppo à six heures pour la petite dame, un massage abdominal à huit heures, une courte mobilisation ou une verticalisation en salle de kiné, une visite du staff le lundi. Les rodages sont bien huilés. Entre deux, une petite pause dans la salle de café pour se détendre un peu et rigoler, et alors on n'a pas le droit ? J'ai pas de temps à moi pour réfléchir, j'ai des consignes, et puis j'ai du boulot qu'est-ce que vous croyez ?

Une année à l'hôpital à être rééduquée, j'étais démolie. En sortant j'avais bien besoin d'aller voir un psy. Un jour je lui ai fait remarquer que l'hôpital finalement c'était comme un camp de concentration. C'est vrai quoi, je suis sûre que les braves gardiens des camps essayaient de faire au mieux leur boulot en fonction des ordres qu'ils recevaient. Il y a fort à parier que le soir en rentrant à la maison après une journée bien remplie, en savourant à l'avance la soupe aux choux que leur avait préparée leur femme, les pauvres bougres fourraient dans le bac à linge sale leurs fringues qui puaient les excréments et l'incinération des corps humains, et se mettaient à table en soupirant : dure journée aujourd'hui.

Mon psy m'a fait tranquillement la remarque que dans les camps de concentration on tuait les gens, tandis qu'à l'hôpital, on les guérissait. Je ne me suis pas étendue sur le sujet. Bien sûr il avait raison. L'hôpital est une fourmilière remplie de gens dévoués et compétents. Des hommes et des femmes attentionnés dont le métier est de soulager les autres. Des hommes et des femmes à l'écoute, prêts à se déplacer au milieu de la nuit jusque dans ma chambre pour apaiser mes souffrances et m'empêcher de mourir. Combien de fois l'infirmière en chef qui s'occupait de ma partie du couloir ne m'avait-elle gentiment consolée en me voyant errer en larmes sur le chemin de ma chambre ? Combien de sourires et de manifestations de sympathie n'ai-je reçus de la part de tous les membres du personnel ? Un hôpital classique, c'est comme une aventure amoureuse d'une nuit, on ne les reverra jamais. Aux Invalides, ce sont de longues fiançailles dont on souhaite pourtant qu'elles n'aboutissent jamais au mariage. Le jour de mon départ, j'ai fêté ça avec des bouteilles de champagne et des biscuits, et je les ai tous sincèrement remerciés pour leur présence réconfortante tout au long de cette année de cohabitation. Certains d'entre eux allaient même me manquer. Mais j'ai une vision limitée du monde. J'ai comme un écran plat devant les yeux, un aquarium devant lequel passent les gens et se déroulent les situations. Ce qui se trouve au-delà de mon champ de vision, je suis incapable de l'imaginer, tout comme je suis incapable d'appréhender et de caresser le monde qui existe au-delà du bout de mes doigts. Je ne sais pas pourquoi. Un handicap de plus, probablement.

Mon psy avait raison, bien sûr, et en même temps il se trompait. À travers ma vision limitée du monde, celle qui n'existe que par mes yeux brouillés, je savais bien qu'à l'hôpital on avait failli me tuer. Pas physiquement. Intérieurement. On avait voulu tuer l'image que j'avais de moi-même. En me photographiant à travers un filtre médical. En m'expliquant que tout ce que j'étais, c'était fini. Terminé. Qu'à partir de maintenant c'était comme ça qu'il fallait vivre, c'était comme ça qu'il fallait faire pour ne pas mourir. Ils s'y étaient tous mis avec ardeur, avec la bonne conscience du devoir à accomplir, pour gommer jour après jour tout ce que cette femme avait comme désirs, comme rêves intimes, comme fantaisie. Pour la rééduquer, la remettre dans le droit chemin. Les handicapés, c'est pas comme nous, c'est triste mais il faut se faire à la réalité. Ils s'y étaient tous mis, chaque rouage de cette énorme machine. Je croyais naïvement en arrivant aux Invalides que la rééducation c'était pour t'aider à te relever et à t'en sortir, j'ai découvert que c'était une machination infernale pour t'apprendre comment rester toute ta vie dans un fauteuil roulant.

Un hôpital avec un nom pareil, j'aurais quand même dû m'en douter.

Mais il y avait Viet et le docteur Gay. Avec mon ergo Valérie, c'étaient trois anges parachutés dans cet enfer. Quand Valérie et Stéphane Gay sont partis vers d'autres hôpitaux en province, Viet est resté mon seul allié. Viet, le kiné sensible et passionné qu'on m'a attribué quand le chef dépressif est passé à un autre tout nouveau patient. C'est Viet qui m'a parlé de l'orthèse isocentrique, cet appareil de marche dans lequel les jambes sont tenues dans de grandes bottes, elles-mêmes rattachées à un corset, il suffisait d'avoir des muscles dans les hanches, d'après lui ça pouvait marcher. Mais les médecins s'y opposaient. On a été obligés de le faire en cachette, il avait retrouvé une orthèse abandonnée dans un placard par une fille qui avait à peu près ma taille, on allait l'essayer. Il risquait sa place à cause de moi. Les médecins ne voulaient pas entendre parler de cet appareil de marche, ils n'étaient pas tout à fait sûrs que ça pourrait marcher, alors il valait mieux dire non. Au bout de plusieurs semaines d'entraînement on s'est sentis suffisamment sûrs, je faisais en souriant courageusement plusieurs allers-retours entre les barres parallèles. J'étais dans la peau de Clara Croft, la nouvelle héroïne de jeux vidéo, harnachée dans cet appareillage. Alors on a voulu leur montrer. Ça les a sacrément énervés. Le responsable du service a hurlé qu'il fallait remettre cette dame immédiatement dans son fauteuil roulant : « Viet, vous êtes mystique ou quoi ? »

C'était la même réaction que j'avais obtenue cette autre fois, quand j'avais constaté que mes muscles abdominaux s'étaient spontanément remis à fonctionner. J'avais voulu partager la bonne nouvelle avec le docteur Pfff qui faisait sa tournée, mais lui s'est simplement contenté de me répondre : « Ah bon, vous avez récupéré vos abdos, et alors ? C'est pas sur vos abdos que vous allez marcher ! »

En sortant des Invalides, j'étais allée consulter dans un autre hôpital un as, un grand professeur spécialiste du pipi, que quelqu'un m'avait recommandé. C'était un homme très grand et bâché comme un Viking, aux cheveux blonds et clairsemés. Il portait sur son large visage une tache rose, la tache de la Victoire, dont le contour représentait peut-être tous les pays qu'il avait conquis. C'était un homme de terrain, très sûr de lui. Il régnait en maître sur une poignée d'infirmières gentilles, amoureuses et expérimentées, et se faisait un devoir de parler sans détour à ses patients de leurs problèmes et de leur infirmité. Un jour, il m'a demandé ce que je faisais comme exercices en kiné. Je lui ai répondu fièrement qu'avec mon orthèse je progressais. C'est alors qu'il s'est emporté : « Il ne faut pas vous mettre debout ! Il ne faut surtout pas essayer de marcher ! Faites le moins de transferts et d'efforts possibles ! J'espère que vous n'avez pas de voiture ? Si vous continuez vous allez bousiller le cartilage de vos épaules, et dans quinze ans vous ne pourrez même plus vous servir de vos bras, vous pousserez le joystick de votre fauteuil électrique avec le bout de votre menton ! »

Ce jour-là j'ai pu voir un homme dans toute l'étendue de sa folie. Il est sadique ou dérangé, ce mec, me suis-je demandé ? J'ai bêtement voulu protester qu'il était bien connu que c'était bénéfique de se mettre debout, ça porte même un nom : se verticaliser. « Ah bon ? me dit-il, j'aimerais bien savoir qui vous a dit ça et quels sont les articles médicaux qui le prouvent. Je vois trois mille paraplégiques par an, madame, et je peux vous dire ce que vous serez dans quinze ans ! »

En repartant j'avais les joues cuisantes de la gifle que je venais de me prendre. Sur le chemin du retour j'ai imaginé une réponse à la Jamel Debbouze : trois mille paraplégiques par an, vous voulez dire que vous voyez trois mille fois le même paraplégique, ou trois cents fois dix paraplégiques différents ? Puis j'ai commencé mes calculs : trois cent soixante-cinq jours par an, si on lui octroie soixante-cinq jours de vacances, ce qui est la moindre des choses pour un homme aussi surmené, il lui reste trois cents jours de boulot. Si l'on retire ensuite les samedis-dimanches, combien de paraplégiques ce pauvre homme est-il obligé de voir chaque jour dans le cadre de son métier ? La tête me tournait avec ce problème de maths. J'ai laissé tomber.

Tout cela n'était pas dirigé contre moi bien sûr, ça faisait simplement partie des consignes, on apprend à l'École de médecine que c'est comme ça qu'il faut se comporter face à un patient handicapé, surtout s'il ne sait pas tenir sa place et se met à poser des questions.

Quand le corps médical ne sait pas ce que tu as, quand on ne sait pas comment s'y prendre, quand on n'est pas complètement sûr du résultat, on préfère ne pas te donner d'espoir. C'est comme ça que ça se passe en France à cause des consignes, dans les autres pays c'est peut-être autrement, je ne sais pas. Peut-être qu'ailleurs on m'aurait achevée directement d'un coup de couteau ou de fusil dans mon sommeil, en un sens ça ne serait pas plus idiot, ça nous aurait fait gagner du temps, et ça aurait fait faire des économies à la Sécu.

Ne pas te donner d'espoir, dans l'esprit collectif, c'est t'épargner la souffrance d'être déçu, comme si être déçu c'était pire que d'essayer de vivre. C'est une façon de penser comme une autre, et qui se justifie. Il est vrai que quand on a comme seule perspective de voir se dérouler sa vie dans un fauteuil roulant, au moins après on n'est pas déçu.

Mais ne pas te donner d'espoir, c'est aussi te retirer tes rêves, affaiblir tes forces vitales, étouffer ta joie, tuer ton imagination tes désirs ta créativité. Avoir de l'espoir c'est laisser ouvertes toutes les portes sur le possible. Quand tu crois en quelque chose, c'est à ce moment-là que les idées te viennent, c'est là que tu peux inventer le chemin pour y parvenir. Ne pas te donner d'espoir c'est te plonger dans le désespoir.

L'espoir fait vivre, paraît-il. Ils avaient donc pris le parti de me faire mourir.

# Au cirque d'hiver

Je menais une bataille sanglante, dans la fureur et dans les flammes au petit jour, mais avec un bandeau sur les yeux. Je m'étais égarée sur le champ de bataille des Invalides, au milieu des fantômes de tous les mutilés de guerre des temps passés. Je ne comprenais rien, je ne savais rien, on ne me parlait de rien, et je n'osais rien demander de peur d'être de nouveau méprisée ou condamnée. Parfois j'avais mal aux jambes. Elles étaient secouées de frissons, de courants électriques qui me remontaient jusqu'aux hanches, des vibrations. Des trépidations, comme pour Brigitte Bardot sur sa Harley Davidson, sauf que je suis brune et que ma moto est d'un genre assez particulier. Au début j'ai essayé de leur en parler, au personnel des Invalides, mais on me regardait avec pitié, pour me répondre d'un air embarrassé : « Pour vous, c'est pas pareil que pour nous, vous, ce que vous avez c'est des soucis neurologiques, avec votre pathologie vous ne pouvez pas vous fier à ce que vous ressentez. » Alors les jours passaient avec leur régularité, six heures le suppo, huit heures le massage abdo, pipi toutes les quatre heures, le matin en piscine, l'après-midi en kiné, le soir sur l'ordi au boulot. Il n'y avait rien à dire, rien à ajouter. J'étais livrée à moi-même, dans l'ignorance, la confusion et l'obscurité. Pour m'en sortir je me démenais, je donnais des coups d'épée autant que je le pouvais, mais mes attaques étaient lancées au hasard et ne trouaient que de la fumée.

J'étais engagée dans une guerre sanglante dont je n'avais pas identifié l'adversaire. Mon seul ennemi c'était la honte. La honte et le doute. La honte de ne plus pouvoir me démerder toute seule, d'être livrée aux caprices de mon corps. La honte de n'avoir pas suscité plus d'intérêt, d'avoir été reléguée si vite de l'autre côté de la rive de la normalité. La honte d'y croire encore, malgré tout, dans mon coin, contre toute évidence. La honte de cette pathologie au nom médical compliqué, « paraplégie flasque » comme une peau qui lâche. Suivi d'un numéro, celui de la vertèbre qui m'avait trahie. On écrivait dans les comptes rendus aux collègues, on expliquait aux petits stagiaires : « Voici madame Nahmias, une paraplégique flasque. » Je crois que j'aurais préféré qu'on dise éclopée, grabataire, incapable, impotente, inapte, minable, diminuée, infirme, invalide, ou pauvre conne.

La honte aussi que ressentent les femmes battues, parce qu'il y a maltraitance du corps et de l'esprit, parce que c'était sûrement de ma faute finalement si je ne m'étais pas relevée en quelques mois. Les médecins répétaient qu'ils n'y pouvaient rien, mais tout le monde s'entendait pour dire que moi seule pouvais me sortir d'affaire. Qu'il n'y avait que la force de ma volonté. Que cela ne dépendait que de moi, tout ça c'était une question de mental. On sous-entendait que si je voulais vraiment je pourrais me secouer un peu. J'ai entendu dire également qu'il n'y a de handicap que dans la tête, et comme je ne pouvais de toute façon pas bouger les jambes, j'étais doublement infirme finalement. Alors avec la honte venait le doute. Si seulement j'avais suivi tous les conseils amicaux qu'on m'avait donnés depuis le début ! Si j'étais allée les voir, tous ces rabbins, ces acuponcteurs, ces réflexologues, ces guérisseurs de toutes nationalités ! Si j'avais bu de cette eau bénite du Canada, pris des vitamines, mâché du ginseng ! Peut-être alors serais-je debout à présent.

À cela s'ajoutait la question du temps. Il flottait dans l'air cette idée que si tu devais remarcher, cela se ferait en quelques semaines, maximum quelques mois. Pour être intéressant il faut être rapide. Il faut que les choses aillent vite sans quoi on se désintéresse, il y a toujours un cas plus récent, quelqu'un qui va peut-être s'en sortir, lui. Il y a urgence. Si ça ne va pas assez vite, les gens détournent les yeux car ils savent que les portes vont se refermer l'une après l'autre sur toi. Ils savent que tu es engagée dans le long couloir qui conduit petit à petit à la perpétuité. Les jours passant, je me transformais en taularde. Les gens qui voulaient me voir devaient prendre leur place au parloir, avec cette vitre invisible entre nous, la vitre de ce qu'on ne pouvait plus faire ensemble et de tout ce qu'on ne pouvait pas se dire. Un parloir, cet endroit où on aimerait bien pouvoir se parler.

J'étais incarcérée dans mon propre corps. J'étais dans une taule à roulettes et je cherchais seule dans le noir, derrière les barreaux de cette prison que je transportais partout avec moi, le crime que j'avais bien pu commettre.

Comme je n'avais pas de véritable adversaire sous la main, et que je refusais de contribuer à ma propre destruction, j'ai retourné mes doutes contre les méthodes de rééducation. Et si c'étaient eux qui, à force de ne pas y croire, ne faisaient pas ce qu'il fallait ? On suivait la routine parce que c'était écrit sur le planning. Mais peut-être y avait-il des choses urgentes à faire dont ils n'étaient pas au courant ? Et cette question comme un bruit de fond dans ma tête : quelle est la part de l'apprentissage, et celle de la nature qui prend son temps ? Pourquoi certaines choses restent-elles impossibles, alors que d'autres peuvent s'acquérir si on sait comment ?

Un jour, j'ai croisé à l'hôpital de jour de la rue de l'Aqueduc M. Sempion Bouglione, le père, celui dont la famille dirige le Cirque d'Hiver depuis des générations. C'est un homme très courtois et qui aime plaisanter, un homme de la vieille école, dont on voit qu'il avait dû savoir s'y prendre avec les femmes, surtout les danseuses et les acrobates. Sempion Bouglione. Christian m'avait fait remarquer que lorsque Sempion prononçait son prénom, on avait toujours l'impression qu'il avait un petit cheveu sur la langue. À l'occasion des fêtes de Noël, M. Bouglione m'avait invitée à un spectacle de voltige au Cirque d'Hiver. Il m'avait gentiment et galamment offert quatre places, alors comme Alice ne pouvait pas, on y est allées, Juliette, Solveig, Mireille et moi.

On est parties à pied toutes les quatre, le Cirque est juste au bout de la rue des Filles-du-Calvaire, ce n'est pas très loin de la maison. On était joyeuses, on se dépêchait dans le froid comme des écolières qui s'apprêtent à faire une bêtise. Le Cirque d'Hiver, on y allait toujours avec ma tante Lina. Toute la ribambelle d'enfants, Gilou Manou Claudine et moi, et quelques années après avec les plus petits, Valérie Eléna Nathalie Michel Véronique Daniel. On était chez nous au cirque, accoudés la tête entre les mains sur le dossier de devant, concentrés et excités, on ne voulait rien rater et surtout pas les glaces à l'entracte.

À l'automne, notre Cirque d'Hiver se transformait en synagogue pour le jour de Kippour. Peut-être parce qu'on était la nouvelle vague d'immigration, il n'y avait pas de place pour nous dans les synagogues du quartier, alors on s'amassait dans le cirque. Les rabbins envahissaient la piste où d'ordinaire c'étaient les chevaux qui couraient en rond. Je trouvais ça étrange de voir ces rabbins si sérieux, si graves en ce jour sacré, chanter leurs prières au beau milieu du cirque, avec la terre battue et la forte odeur de fauves qui flottait. Et avec mes cousins on essayait de s'échapper en courant vers les coulisses pour apercevoir les lions et les tigres, sans nous rendre compte que c'étaient peut-être nous les animaux. Au moment du chofar, ma grand-mère nous réunissait comme si c'était la chose la plus naturelle du monde que d'être là dans un cirque, et je me faufilais pour me faire une petite place sous le tallith de mon grand-père. J'aimais bien ce moment de la bénédiction, ce moment où on était comme sous une tente, serrés les uns contre les autres avec mes tantes qui humaient du coing pour tenir le coup, on sentait déjà à l'avance le goût qu'auraient la citronnade et les boulous quand on rentrerait chez Paula pour casser le jeûne. J'étais contente aussi les fois où, à la dernière minute, mon père nous rejoignait au cirque avec son air du petit chouchou qui peut tout se permettre, son petit air moqueur de celui qui n'est pas concerné par la mascarade de la religion.

Avec Juliette Solveig et Mireille, on avait été placées comme des reines par Sempion dans une loge d'honneur. Tellement proches de la piste qu'on avait pu caresser le bébé panthère. Le cirque, ce mélange de discipline impitoyable et de magie, de travail acharné et de rêves, les exercices répétés mille fois, cent mille fois, pour un spectacle toujours unique. La prise de risque pour dépasser ses limites, aller plus loin que les humains, s'envoler vers les étoiles. Justement c'était un spectacle de voltige. À un moment, il y eut un numéro avec un acrobate qui s'était mis juste devant moi et qui marchait sur les mains. Non seulement il marchait avec aisance, mais il montait et descendait les escaliers sur les mains, puis sur une seule main. Voir ce mec, ça m'a donné une claque.

Quelle est la part de la nature et de l'apprentissage ? Est-ce qu'un homme est fait pour marcher sur les mains ? Comment a-t-il pu réaliser une chose pareille ? Personne ne sait le faire et pourtant ça a l'air facile. Combien de temps, combien d'efforts, à quel point il a fallu y croire. Est-ce que la nature a donné à l'homme la capacité de se déplacer sur les mains, ou est-ce que l'homme a détourné la nature et trouvé le moyen de le faire, de l'inventer, parce que rien n'est impossible ? Si cet acrobate était capable d'une telle prouesse, pourquoi est-ce que moi je ne pouvais toujours pas marcher ?

Quelle différence finalement entre un acrobate et une handicapée ?

Je n'ai pas de réponse à cette question.

# Le shrink

J'étais engagée dans une bataille sanglante et sans issue. Au début, pour tamponner mes larmes, le médecin des Invalides m'avait prescrit des anti-dépresseurs. Ça avait calmé ma souffrance mais comme ça ne m'avait pas pour autant apporté la joie, l'intensité que procure la souffrance me manquait. Je n'avais plus rien. J'ai donc arrêté de prendre cette substance qui me rendait étrangère à moi-même, et je suis allée consulter la psychologue de l'hôpital.

C'était une femme jeune et très jolie, avec des yeux clairs derrière ses lunettes, les yeux clairs et tranquilles de quelqu'un qui n'a pas encore traversé d'épreuves, ou qui s'en est drôlement bien tirée. C'est elle qui m'a appris à distinguer le « je » du « tu », et le « je » du « nous ». Elle me disait que le travail d'analyse c'était de déplier les choses, de les poser à plat, pour les replier ensuite dans le bon sens. Il me semblait que c'était plutôt le boulot d'une repasseuse, mais bon, je n'allais pas faire la fine bouche. J'avais rencard avec elle deux fois par semaine et c'était très important pour moi, c'était là que je pouvais pleurer et dire toutes ces choses absurdes qui me venaient à l'esprit. Je pouvais pleurer sur l'injustice de ce monde, me plaindre de ma condition, invectiver un public imaginaire, m'interroger sur tout ce qui m'arrivait et sur cette vie qui n'avait aucun sens. J'aimais particulièrement le moment où elle venait me chercher dans la salle d'attente, qui était en fait la rotonde, cette petite place ronde au milieu du couloir où il y avait un distributeur de boissons et une télé. Un endroit un peu triste, avec des fauteuils usés où on s'installait en hiver pour ne pas déranger ma voisine de chambre, quand il faisait trop froid pour la cour intérieure ou le jardin de devant.

Quand elle venait me chercher, ses yeux clairs illuminaient subitement le couloir, et elle me devançait vers la petite pièce qui lui faisait office de cabinet. Péniblement je la suivais en poussant mon fauteuil à la force de mes bras, et de la hauteur à laquelle je me trouvais, j'étais extrêmement bien placée pour voir ses fesses qui étaient fort jolies aussi. Des fesses bien rondes surmontées d'une taille fine, et délicatement moulées, serrées dans une jupe ou un pantalon sombre bien coupés. Deux fois par semaine, je n'aurais pas voulu manquer ça.

J'ai également fait la connaissance du psychiatre des Invalides. Un homme charmant et souriant, bien soigné, costume-cravate et cheveux blancs. Il était venu me trouver dans ma chambre à la demande du médecin pour me faire une attestation de dépression, une formalité indispensable afin que je conserve mes droits administratifs. Il était de bonne volonté et voulait m'aider, alors il m'a posé des questions pour essayer de trouver avec moi les raisons de cette profonde dépression. Mais je n'avais rien à déclarer. Enfance heureuse, parents aimants, vie heureuse, deux enfants adorées. Il n'y avait rien à tirer de moi. Alors il a voulu invoquer les antidépresseurs pour preuve que j'étais dépressive. Mais ça non plus, je ne le lui ai pas laissé. Je crois que j'étais devenue parano, je craignais d'entrer vraiment en dépression si ce mot était tamponné sur mon dossier. Comme si j'allais être aspirée, prise dans une spirale par laquelle j'aurais été forcée malgré moi d'accomplir ce destin, un oracle écrit à l'avance sur un bout de papier. Et puis je ne la sentais pas, cette mention sur mon nom « Dépression – Inapte au service », je redoutais toutes sortes d'étiquettes qui auraient pu me suivre jusqu'au bureau d'une quelconque Gestapo. Je préférais encore perdre du fric que perdre la vie. Alors il m'a laissé la nuit pour réfléchir, mais le lendemain j'étais dans les mêmes dispositions. À la fin, n'en pouvant plus, il fallait bien qu'il écrive quelque chose sur ce dossier ; pour m'aider il m'a demandé : « Vous n'avez jamais eu envie de mourir ? » J'ai explosé, et le pauvre s'est tout pris. « Évidemment que j'ai eu envie de mourir, pourquoi, ça ne vous est jamais arrivé à vous ? »

C'est plus tard, bien plus tard, que je suis allée dénicher le psy qui m'a aidée à me relever. Au fond de la cour, au rez-de-chaussée d'un bel immeuble parisien. Après que j'ai eu fini de bredouiller les quelques lignes de mon histoire en essayant de faire glisser au fond de ma gorge les sanglots qui étaient restés coincés, la première chose qu'il m'ait dite c'est que donc, tout ce qui m'était arrivé était bien. C'était une façon choquante, originale et intéressante de voir les choses. Il avait cette façon de poser ses paroles ou de rester tranquillement sans rien dire, qui projetait un regard différent et changeait la lumière du monde. La simplicité de ce qu'il disait et le naturel avec lequel il énonçait les idées les plus provocatrices me faisaient rire. Ce qui pour moi était le plus douloureux devenait simple après qu'il l'eut revisité. Puisque j'étais incapable de me lever, je n'avais qu'à m'asseoir confortablement. M'installer dans mon fauteuil, dans ma vie, dans mon être. Me détendre, me décrisper. Me rendre disponible à toutes les éventualités. À travers ses yeux clairs, sa voix égale et sa liberté de pensée, mes difficultés prenaient une autre tournure. Dans cette petite pièce remplie de livres, entre lesquels un espace restait toujours vide dans les rangées de la bibliothèque, un espace libre comme une respiration.

Je n'avais qu'à être, c'était la meilleure chose à faire. C'était dur à encaisser bien sûr, après tout ce que j'avais vécu et combattu, mais je sentais bien que ça sonnait juste. On a toujours la tentation de se battre contre toute sorte d'adversité. On croit qu'on triomphe à travers ses combats, qu'en résistant on s'affirme, qu'on a enfin une action sur les choses. Au fil de ses paroles, j'ai entrevu l'extraordinaire puissance de l'existence et la force de ce qu'elle génère pour peu qu'on la laisse exister. « Je suis ce que je suis. »

En éclairant une face absurde et décalée du monde, en énonçant avec sérénité les pensées les plus subversives, en balayant d'une phrase la morale, l'amour-propre, les conventions, la gloire, l'honneur et la fidélité, il m'a laissé la possibilité de prendre une place dans ce monde et m'a rendu ma dignité.

J'ai appris à distinguer la blessure physique de la souffrance, cette lame étincelante qui tranche dans le vif et contre laquelle on est démuni, du halo diffus qui empoisonne l'âme en injectant la culpabilité la honte la colère les remords ou le chagrin. Quand on a mal, inutile d'en rajouter. J'ai vu qu'on peut aussi se distancier de sa souffrance, s'en séparer et s'en moquer. « Ce qui t'est arrivé est très dur, et alors ? Tu veux t'enfermer indéfiniment dans ta douleur ? Vivre et te définir uniquement à travers elle ? Tu peux. »

Mais tu peux également reculer d'un pas pour observer ta blessure d'un peu plus loin, la prendre ensuite avec toi, l'accompagner amicalement, marcher à ses côtés. Puisque, que tu le veuilles ou non, elle fait maintenant partie de ton histoire.

Avec lui, les choses reprenaient peu à peu une taille normale. Les monstres terrifiants qui peuplaient l'égout puant dans lequel j'étais tombée, la peur, l'angoisse, l'humiliation, perdaient peu à peu de leur volume et se transformaient en poupées de chiffon qui ne me concernaient plus.

Comme il était vieux, j'avais toujours la crainte qu'il meure d'un mois sur l'autre. J'étais infiniment heureuse à chaque fois de le voir descendre tout droit de l'ascenseur, comme on descend du ciel, avec le décalage entre ses Nike d'adolescent et sa veste à carreaux d'un autre temps. Je restais tranquillement dans le hall sans vouloir appuyer sur la sonnette, des fois qu'il n'y ait plus personne de l'autre côté. Mais il descendait, sans que j'aie besoin d'appeler, et c'était un cadeau supplémentaire qu'il me faisait. Un cadeau involontaire, les meilleurs.

Il n'arrêtait pas de me parler. Au début en tout cas. Ou s'il s'arrêtait, c'était pour se taire avec moi et m'accompagner dans des exercices de respiration. Je n'avais jamais entendu dire une chose pareille d'un psy. Pas moyen d'en placer une. C'était particulièrement compliqué pour moi qui ai besoin de temps, de patience et de confiance pour me raconter. Il paraît que je suis mystérieuse et secrète, que je me dévoile très peu. J'ai pourtant l'impression que je ne fais que ça, parler de moi, puisque je déteste parler des autres à leur place.

Un jour, j'en ai eu tellement marre que j'ai écrit une lettre à mon psy pour lui dire que j'aimerais bien quand même pouvoir de temps en temps lui raconter des choses sur moi, quand je vais le voir. À la séance suivante il m'a dit gentiment que bien sûr, je pouvais lui parler, lui raconter toutes sortes de choses sur mes parents ou sur mon enfance, mais que ça ne ferait pas changer les choses pour autant. Ça me permettrait de comprendre mais pas de changer. C'est cette fois-là – ou peut-être une autre, je ne sais plus – qu'au moment où je m'en allais il m'a cité cette phrase : *ayeh asher ayeh.* « Je suis Ce que je suis », « Je suis et Je serai », « Je suis Celui qui serai », ou quelque chose comme ça. Être. Sans douter.

Je suis ce que je suis, je crois bien que c'est Moïse le premier à avoir été mis au courant. Un jour il s'était décidé à monter sur le mont Sinaï. Il voulait demander des comptes à Celui qui par Sa main puissante et Son bras étendu avait fait sortir le peuple hébreu hors d'Égypte pour échapper à l'esclavage. Il en avait pard'ssus la tête de ce peuple hébreu, qu'il avait traîné derrière lui pendant quarante ans, quarante années sous le cagnard à bouffer de la poussière, à chercher des sources d'eau au milieu de la caillasse grâce au don de sa sœur Myriam. Quarante années à tourner en rond avec un peuple qui n'en pouvait plus, qui n'y croyait plus, passé les premiers temps d'exaltation. (« On les a bien eus avec les dix plaies et le coup de la mer Rouge qui s'ouvre rien que pour nous ! ») Des hommes et des femmes prêts à adorer n'importe quoi y compris un Veau d'or pour en finir, prêts à l'assassiner tant ils étaient amers et fatigués, tant ils lui en voulaient de leur avoir offert la liberté.

Moïse était un homme qui n'aimait pas parler, pour ça heureusement son frère Aaron trouvait la force et les mots pour haranguer le peuple et le rassembler. Moïse, lui, faisait ce qu'il avait à faire – comme aurait dit ma grand-mère, celle avec qui je me suis retrouvée l'été dernier à nager dans la mer, moi dont les jambes ne savaient plus bouger et elle la souris de quatre-vingt-six ans, toutes les deux côte à côte dans l'eau de la Méditerranée.

« Mais qu'est-ce que je fous dans ce désert à tourner en rond et à me coltiner ce peuple ingrat ? J'étais un prince d'Égypte, putain ! Un glorieux destin s'ouvrait devant moi, qu'est-ce qui s'est passé, qu'est-ce qui m'a pris de tout laisser tomber ? » Alors un jour, n'en pouvant plus, Moïse avait trouvé la force d'entreprendre la longue et pénible ascension du mont Sinaï, seul enfin avec lui-même, pour aller demander des comptes à Dieu. Savoir ce qu'il avait derrière la tête, s'il pouvait lui donner des conseils ou l'éclairer tout au moins sur les raisons qui l'avaient mené là. Tout en escaladant, il réfléchissait aux questions qu'il allait Lui poser. Et la première de toutes : y a-t-il un sens à l'existence ?

Mais en redescendant, c'était pire, il avait sur les bras le lourd fardeau des Tables de la Loi avec ses dix commandements, et pour toute réponse une phrase : « Je suis Celui qui est », « Je suis Ce qui sera ». Avec toutes ses traductions possibles et ses interprétations multiples. Ce mélange de passé et d'avenir, la promesse et l'inconnu. Et en prime les quatre consonnes d'un nom imprononçable : YHVH.

Démerde-toi avec ça.

Certains disent qu'on porte tous une étincelle divine. Peut-être est-ce dans toutes les significations simultanées de cette phrase intraduisible, que réside cette étincelle.

# À la guerre

À la guerre comme à la guerre. Enfermée dans un hôpital militaire, je me saisissais de toutes les armes à la portée de mon lit pour trouver le chemin de ma liberté. J'ai accepté d'écrire à cette guérisseuse suisse qui proposait de me soigner par la pensée. J'ai fait venir à mon chevet un psychanalyste qui partageait son temps entre Jérusalem et Paris, le premier à me diagnostiquer une chute d'énergie vitale. J'ai contacté une spécialiste du tai-chi qui m'a appris à respirer. J'ai pris des vitamines, bu des extraits de plantes, mâché du ginseng. Mais ma bonne volonté a des limites, je n'ai jamais acheté de cette eau bénie par des rabbins kabbalistes du Canada.

Les rabbins, je n'ai pas eu besoin d'aller les voir, ce sont eux qui sont venus me visiter. Ils sont entrés dans ma chambre en rêve, sept rabbins à la queue leu leu. Pas des petits rabbins maigrelets avec leurs tsitsit qui dépassent de leur veste, non. De grands rabbins imposants avec leur toque de fourrure et leur large manteau noir. Manifestement contents d'être là, ils me faisaient de grands sourires et parlaient entre eux d'un air réjoui — des comploteurs — en me lançant des petits regards joyeux par-dessus leurs bonnes joues bien rondes. Moi j'étais assez gênée de cette irruption dans mon univers, tous ces rabbins qui remplissaient l'espace, c'était gentil de leur part, mais ça me contrariait un peu quand même. Ils m'encombraient. En plus je n'étais pas sûre que ça plaise aux infirmiers, cette procession dans ma chambre d'hôpital. Mais bon, ils avaient l'air à l'aise. Et soudain, ils se sont tus et se sont retournés. Un autre rabbin, immense celui-là, massif, imposant, avec son grand chapeau noir luisant, son manteau de fourrure, son large visage, sa barbe fournie et ses yeux brillants, venait d'apparaître dans l'encadrement de la porte et obstruait l'entrée de ma chambre.

Une montagne. Un yéti. Un géant. Le Baal Chem Tov.

Plus tard, en sortant de l'hôpital, j'ai pu explorer les méandres des thérapies parallèles. Un médecin surréaliste avec son superbe cabinet sur le boulevard Raspail, les murs peints en rose fuchsia, et des chats installés sur les canapés. Un réflexologue chinois qui me regardait fixement dans les yeux en me malaxant la plante des pieds. Un petit masseur japonais qui me labourait le dos en criant *Soli soli soli*, je n'ai compris qu'après qu'il s'excusait en anglais.

C'est ma sœur Eléna qui m'a présentée à Christian Carini, l'inventeur de la fasciapulsologie ou l'art de caresser les tissus conjonctifs qui relient les organes entre eux. Une rencontre. Un cœur d'enfant, généreux, sensible, têtu, génial, dans un corps d'adulte. Et des mains de fée. Un jour Christian m'a proposé de faire une séance avec un de ses collègues de Lyon, de passage à Paris. Un Corse, comme lui. Le collègue explorait l'espace autour de moi avec des espèces de diapositives contenant des fragments de tissu, de plante, de substances diverses, et écoutait la résonance que cela faisait avec mon corps. En tout cas c'est ce que j'en ai compris. Il est le premier à m'avoir dit : « Vous avez vécu un violent conflit intérieur entre le désir et la loi. » Et après avoir balayé l'air de quelques diapositives supplémentaires : « Votre problème vient de votre ascendance paternelle. Vous refusez la Loi érigée par un de vos ancêtres. Votre grand-père était-il un homme de loi ? » Allongée sur la table de massage, détendue, rêveuse, j'essayais vaguement de comprendre ce qu'il me racontait. Je pensais à mon grand-père, Daniel Nahmias, le petit dernier des sept frères et sœurs, avec son élégance et son petit sourire timide, qui avait toujours laissé ma grand-mère s'occuper de tout. Et subitement, c'est le portrait de mon arrière-grand-père, David Nahmias, qui m'est apparu. Mon arrière-grand-père turc avec son fez sur la tête, au côté de sa femme Stréa arborant une petite moue distinguée avec son chignon bas, et dont on dit qu'elle aimait fumer le cigare. Mon arrière-grand-père paternel, qui ressemble drôlement à mon père avec ses yeux bleus et sa barbe blanche, mais en plus austère, pas l'ombre d'un sourire ironique.

J'ai répondu au médecin corse : « Mon grand-père, franchement non, je ne vois pas. Mais mon arrière-grand-père, peut-être, c'était un homme sérieux, un patriarche, peut-être même un peu rabbin. » Alors le médecin s'est tourné vers Christian Carini qui assistait à la séance, et lui a demandé d'aller chercher un mètre de couturière. Très naturellement, il s'est mis à mesurer la distance qui séparait le bout de mon pied d'un endroit de la pièce connu de lui seul. Et il a commencé ses calculs. Trente-six divisé par trois et je retiens deux... « En effet, c'est vous qui avez raison : trois générations. Vous êtes en profonde contradiction avec la loi de votre arrière-grand-père ! » Il s'est penché vers moi, tout près, et son visage s'est superposé à celui de mon grand-père justement, avec sa chemise rose, ses beaux yeux bleus et ses cheveux blancs. L'espace d'un instant ce médecin corse était devenu mon grand-père. Je crois bien qu'il m'avait hypnotisée.

# Le désir et la loi

Il paraît que ce sont les enfants qui choisissent leurs parents. Moi j'ai choisi ce couple si jeune qui faisait l'amour sur la plage de Sidi Bou-Saïd par une nuit douce du mois de juin. Elle vingt ans, lui à peine vingt-quatre, unis par un amour absolu et candide. Mon esprit attiré par le bruit de la mer, le ciel étoilé, les effluves de jasmin transportés par le vent chaud, la force d'un premier amour. J'ai dû me dire que oui, elle me plaît bien cette aventure-là, innocence et sensualité. Ça me reposera un peu de ma vie antérieure passée dans le feu de l'Andalousie. Mais qu'est-ce qu'ils avaient donc foutu ces deux-là depuis plus d'un an qu'ils s'étaient mariés ? Je pense qu'ils ne savaient pas comment se servir de leur sexe, en Tunisie à cette époque on parlait beaucoup mais on ne disait rien, alors probablement personne ne leur avait expliqué. Est-ce que j'avais attendu patiemment pendant de longs mois que leurs corps se rencontrent ? Ou peut-être au contraire me suis-je décidée en une seconde cette nuit-là, avec l'impulsivité qui me caractérise parfois.

Il paraît que les enfants choisissent leurs parents pour les épreuves qu'ils auront à traverser en vue de s'améliorer. Comment pouvais-je savoir que la première épreuve arriverait si vite, que mon âme assoiffée de douceur serait si rapidement rattrapée par l'Histoire ? Je n'ai pas eu beaucoup de sursis : quelques mois après ma naissance, les Français, juifs de surcroît, étaient invités à quitter à coups de pied au cul la Tunisie devenue indépendante, avec interdiction de sortir plus de cinq dinars du pays. Ma mère en Mata Hari à l'aéroport avec tous les biftons cachés dans le soutien-gorge, et moi dans mon berceau en dentelle, plantée là à Tunis chez mes grands-parents à l'âge de six mois, pour le confort d'une vie facile mais sans la présence aimante de ces parents-là que j'avais si soigneusement et si inconsidérément choisis. Leur arrivée à Paris dans le froid et la grisaille, les tremblements du métro, la grandeur de la France mais l'accent qui trahit. Entassés à sept dans un studio du IIIe arrondissement, les chiottes dans la cuisine, des rêves plein la tête, le Select, la Coupole, le jazz, l'existentialisme, et dans la poche pas un radis.

Être quittée, ça me connaît. J'ai été quittée tous les trois mois pendant l'année qui a suivi. Avec la régularité des vacances scolaires. À chaque fois que mes parents revenaient me voir, pleins d'amour, c'était pour me mettre au régime – ma grand-mère avait une conception très tunisienne d'un bébé en bonne santé – et me quitter encore les larmes aux yeux quelques semaines après. De mon côté je ne pouvais rien dire, vu que je ne savais pas encore parler, mais je pense que même si j'avais pu parler je n'aurais rien dit, de peur qu'aucun des deux ne revienne plus jamais. Depuis l'âge de six mois je connais dans ma chair la souffrance de la séparation. Alors comment avais-je pu faire ça à Alexandre ? Comment avais-je pu le quitter, lui qui était un peu comme ma mère puisqu'il était le père de mes deux enfants ? Lui qui était prêt à vivre insatisfait avec moi plutôt que de changer. Il paraît que c'était écrit dans la configuration des planètes le jour de ma naissance. Vénus en Taureau, c'est ma personnalité chaleureuse et attirante. Pluton, Uranus et la Lune fourrés ensemble dans la maison 5, ça veut dire que je fabrique moi-même mes ruptures. Je ne sais pas, c'est ce qu'on m'a dit.

Une rupture comme celle-là, qui te prend par surprise, ça se prépare longtemps à l'avance. Avec Alexandre on avait commencé à bâtir le mur ensemble depuis quelques années. Ce mur qui allait nous séparer. Un mur fait de briques de silences, de disputes laissées en plan avec des « de toute façon on peut pas parler avec toi », des briques de tout ce qu'on aurait aimé faire, de l'amour immense entre nous qui est tellement évident qu'on ne sait pas le voir ni le laisser vivre, des briques disparates et disjointes sur le sens de l'existence et les désirs intimes de chacun. La vie au quotidien avec les faux problèmes de fric comme une matière pâteuse qui maintenait le tout, et les enfants comme des roses qui poussaient au milieu.

J'ai quitté Alexandre emportée par la force du désir d'un homme. Au moment où je m'y attendais le moins, la force de ce désir m'a réveillée d'un long rêve dans lequel je croyais que rien ne m'arriverait plus jamais. « Je veux faire l'amour avec toi et c'est tout. » Au début je n'ai rien pu faire d'autre que rire. Un fou rire qui me gagnait, qui me secouait même pendant la nuit. Non mais pour qui il se prend celui-là ? Un petit con, même pas la prestance du beau gosse que les femmes s'arrachent pour une nuit. Un petit ashkénaze dragueur, à peine plus jeune que moi mais qui connaît encore rien à la vie. Un petit con même pas beau mais pire. Intelligent, sensible, attachant, généreux, prêt à tout. Quand il m'a plaquée contre un mur pour m'embrasser sur la bouche j'ai tellement ri que je suis tombée par terre. Je suis tombée sur le cul, tant j'étais soufflée par l'arrogance de ce petit présomptueux. Non mais tu crois quoi ? J'avais trouvé mon équilibre, plus rien ne pouvait m'arriver, j'étais une épouse compliquée aimante et fidèle, une mère comblée par mes deux filles, j'avais un métier passionnant que j'adorais, les histoires de cul ne m'intéressaient pas.

« Je veux faire l'amour avec toi et c'est tout. » Cette phrase, sa simplicité, et l'intensité de celui qui la prononçait ont eu raison de ma raison. C'était un homme qui parlait à une femme. Pas à une copine, à une mère ni à une épouse. Un homme qui parle à une femme, c'est rare et ça secoue à l'intérieur. Aucune force au monde ne peut s'y opposer. J'ai été séduite par l'incroyable arrogance de ce petit présomptueux, et par l'amour intime et secret qu'il m'offrait. La force de son désir a tout balayé, et a réveillé une femme que je ne connaissais pas. J'ai basculé dans un autre rêve, celui où j'aimais deux hommes à la fois. J'étais lancée dans ce rêve hallucinogène au galop. Je passais d'une vie à l'autre. C'était le chaos dans ma tête, l'adrénaline dans mes veines, l'angoisse dans mon cœur. Comment j'allais faire pour ne pas faire souffrir Alexandre ? Je ne pouvais renoncer à rien. Pour éponger mes doutes j'ai décidé de croire momentanément au mantra « et c'est tout ».

Bien entendu c'était pas tout. Dans l'amour il y a aussi avant et après. La texture de l'air qui change, les mots qui échappent, les regards qui parlent, la cigarette qu'on fume ensemble à la fenêtre, la connivence de la peau. Les amours secrètes nous entraînent dans un rêve hallucinogène dont on n'arrive pas à sortir. On ne sait plus si on est dedans ou dehors, laquelle des deux vies est la vraie. Et brusquement on est pris au piège. L'animal s'insinue à l'intérieur de l'être et fait valoir sa morsure. Ça fait mal, ça pince, et c'est chaud comme une guérison. Vénéneux, toxique et bon comme un film de David Lynch. Ça diffuse, ça se répand. C'est comme de boire un sang fluide et noir au goût de framboise. On est mordu.

Le divorce a été prononcé au mois de mai. L'avocate d'Alexandre était une jeune femme très belle, très attirante et très offensive. Dans d'autres circonstances j'en aurais volontiers fait ma copine. C'est au cours de ce même mois de mai que ma rupture avec Maxime a été consommée. Je me suis retrouvée, sans trop comprendre comment, dans la cabine téléphonique en sortant du Palais de justice, puis je me suis souvenue que je ne pouvais plus l'appeler. J'en avais fini avec ces deux hommes en même temps, au bout d'une année épuisante à essayer de faire de la couture avec des bouts de fil qui s'effilochaient. Une année pendant laquelle Alexandre dans sa souffrance refusait de me parler, ça me faisait crever. Une année avec Maxime à essayer de rompre sans succès, on se cherchait tout le temps dans la rue sans même y penser, comme on cherche ses lunettes à tâtons sur la table de nuit, mais malgré tout le désir entre nous on voyait bien qu'on n'y arrivait pas.

On avait fait beaucoup plus que l'amour, mais c'était tout.

Je ne sais pas à quel moment j'ai mis en place mon tribunal intérieur. Les différents acteurs du procès avaient dû se réunir il y a bien longtemps à mon insu. En tout cas il semble que je n'aie pas bien choisi l'avocat de la défense. Il n'était pas à la hauteur. Il aurait dû plaider coupable bien sûr, et invoquer des circonstances atténuantes. Après, à lui de les trouver, ces circonstances atténuantes, moi j'en sais rien, c'est pas mon métier. Au lieu de quoi, il a fait la connerie de plaider l'innocence. L'accusation s'est régalée, avec toutes les preuves accumulées pendant cette année. Juste après ce mois de mai où avait été rendu le jugement de divorce statuant sur mon couple et ma famille, c'est un autre tribunal qui s'est réuni pour juger de mon implication dans l'affaire.

Mon tribunal intérieur a mis trois mois pour délibérer. J'ai été jugée coupable sans circonstances atténuantes. Avec mon tribunal on ne rigole pas. La loi l'avait emporté sur le désir. J'ai donc été condamnée. Condamnée à mort. Pas de sursis.

En septembre je n'avais plus le choix, je me suis exécutée. J'ai mobilisé toutes mes forces intérieures pour exécuter la sentence. J'ai tout laissé derrière moi sans me retourner, et j'ai traversé le couloir les chaînes aux pieds pour aller faire griller mes neurones sur une chaise électrique improvisée.

# D’un état à l’autre

Il m'a fallu du temps pour comprendre que tout cela n'avait pas grande importance. J'étais passée d'un état à l'autre, voilà tout. Tout comme l'eau se change en glace ou en vapeur selon les saisons. Une même structure, des états différents. C'est sûr que la vie est plus agréable et facile quand on existe sous la forme d'une jeune femme libre et désirable. Lorsqu'il arrive qu'on se transforme en une grosse mémé qui n'est plus foutue de sautiller, de rouler du cul dans la rue ou de tourner les talons quand ça lui chante, on l'a mauvaise. Naturellement. Mais je n'ai jamais encore entendu personne dans mon entourage dire que l'eau puisse souffrir de perdre son état liquide pour se transformer en glace. Pourtant, ça ne doit pas être drôle de ne plus pouvoir glisser librement de ruisseau en rivière pour rejoindre le fleuve, et éventuellement se baigner dans la mer.

Se balader gaiement au gré du paysage, former des bras de mer ou des étangs quand l'envie nous en prend.

La glace, c'est plutôt sérieux comme état. Immobile, apparemment. Mais à bien y penser, ça peut être pas mal de temps en temps. Ça laisse le temps de se poser, de réfléchir, réfléchir la couleur du ciel justement. Comme un grand miroir d'argent. Et puis ça ne sert à rien de s'énerver à essayer de s'échapper quand on est pris dans un lac gelé. Mieux vaut attendre une saison plus clémente.

Des états différents, j'en ai vu d'autres. Célibat, mariage, divorce : différents états d'une même vie. Aucun n'est mieux ni moins bien que l'autre, ça dépend des conditions intérieures, des états d'âme, de l'environnement. C'est pareil que nuage, jet d'eau, ou glaçon en cube dans le congélo. On croit qu'en passant de l'un à l'autre ça sera mieux ou pire mais non, c'est juste que c'est différent. Un autre angle de vue sur l'univers.

Il y a évidemment des situations qui font plus souffrir que d'autres, mais ce n'est pas tant à cause de l'état lui-même que de l'idée qu'on s'en fait. Parce que certains états sont décrétés comme bons, d'autres pas, un point c'est tout. Ensuite, comme l'eau liquide, on est poussé par le courant. La transition célibat/mariage par exemple est saluée par une grande fête, comme il se doit. Mais j'ai vu des couples petit à petit transformés en iceberg à la dérive, des couples malheureux et qui ne le savaient même pas, tant le courant pousse fort dans ces eaux-là pour résister contre tout changement d'état. Car la conversion thermodynamique mariage/divorce demande beaucoup d'énergie aux personnes concernées comme à leur entourage. Alors ça dérange, ça fait désordre. C'est contraire à la loi de l'entropie.

Si on y pense, le divorce devrait être salué par une fête encore plus grande que le mariage, vu tous les efforts fournis par chacun. Mais inexplicablement c'est le contraire, et il arrive même que ce soit mal vu. Quelqu'un en bonne santé qui se retrouve brusquement en fauteuil roulant, c'est pareil, il est rare qu'on fasse une fête : ce n'est pas très bien vu non plus.

Bien entendu, certains états sont irréversibles, comme se marier ou avoir des enfants. Après on peut toujours divorcer si on veut, mais on ne pourra plus jamais être de nouveau célibataire sans enfants. Quant aux enfants, on peut envisager de les débrancher, mais comme ils ont quand même existé, à mon avis ça ne compte pas comme une vraie réversion.

Certaines transitions demandent beaucoup de temps pour se faire, d'autres sont plus rapides. Pour moi, quinze jours ont été suffisants. Je ne sais pas encore si cette transition-là est réversible, mais tout ce que je sais c'est que ce n'est pas une partie de plaisir, et que ça prend du temps.

Un jour, je me suis posé la question. Sincèrement. Est-ce que quelqu'un comme moi : femme, juive, immigrée, chercheuse, mère, divorcée et handicapée, a quand même le droit de vivre ?

Ma réponse a été oui.

C'est tout.

# Remerciements

J'ai tant de monde à remercier. La liste de leurs noms ne tiendrait pas sur une seule page. Je remercie mes enfants, mes parents, mon ex-mari, mes frères et sœurs, ma famille, mes amis, mes collègues, mes médecins et thérapeutes d'avoir été là, indéfectibles, et de m'avoir supportée dans les deux sens du terme. Je remercie aussi tous ceux qui se sont détournés pour des raisons qui les concernent. Parce que c'est à travers mes rencontres avec chacun de ces êtres que je me suis forgée telle que je suis.

# Table

CET OUVRAGE
A ÉTÉ TRANSCODÉ
ET ACHEVÉ D'IMPRIMER
SUR ROTO-PAGE
PAR L'IMPRIMERIE FLOCH
À MAYENNE EN SEPTEMBRE 2007

N° d'impression : 68474
Dépôt légal : octobre 2007
Imprimé en France